AF280510

Für Lilith und Mathew!

Jahrgang 80. Sachse. Bruder. Onkel. Pädagoge. Gedankensolist. Regenliebhaber. Melancholiker. Rotegrützevertilger. Sandburgenbauer. Gedankenchaos-vergrübler. Grützwursthasser. Wortakrobat. Träumer. Zicke. Raucher. Single. Wuschelkopfbesitzer. Antinazi-demogeher. Nachtspaziergänger. Romantiker. Langschläfer. Morgenmuffel. Teetrinker. Theaterstücke-schreiber. Grammatikgegner. Kommafalschsetzer. Harmoniebedürftiger. Tollmomenterfinder. Träumer. Gedankensucher.

Sven Heinzig

Gedankenkosmos

Die unendlichen Weiten eines Grüblers.

Bibliografische Information der Deutschen Nationalbibliothek

Die Deutsche Nationalbibliothek verzeichnet diese Publikation in der Deutschen Nationalbibliografie; detaillierte bibliografische Daten sind im Internet über http://dnb.d-nb.de abrufbar.

© **2011** Sven Heinzig
Umschlagbild: Susanne Schattmann
(www.wohlgestalt.de)
Herstellung und Verlag: Books on Demand GmbH, Norderstedt
ISBN: 9783842355798

Gedankenkosmos.

Im Kopf gibt es so viele Gedanken, die durcheinander gewirbelt, das Denken eines Menschen ausmachen. Irgendwann suchte ich für diesen Umstand nach einem Wort. Kosmos stand für mich sinnbildlich, weil er nicht wirklich (be)greifbar ist und somit Fragen und Konstellationen offen lässt. Interpretationsspielraum bietet.

„Auch ein Gedanke, der auf Papier fällt, braucht Zuhörer."

EIN ANFANG, IRGENDWIE.

Wie fängt man so ein Buch eigentlich an? Sie müssen nämlich wissen, ich habe noch keins geschrieben. Also ich wollte schon immer.

Damals, als kleiner blonder Junge, während ich die Bücher meiner Kindheitshelden verschlungen habe. Bücher hatten immer die Gabe mich auf eine Reise des Grübelns mitzunehmen. Um die Geschichten und Sätze herum verschwand ich in meinen Gedankenkosmos, wirbelte herum und versuchte mein Bewusstsein zu fangen.

Seitdem wollte ich immer ein Buch schreiben, welches den Leser, vielleicht auch ihren kleinen Jungen oder ihr kleines Mädchen von damals, auf eine Reise mit nimmt. In den eigenen Gedankenkosmos. Denn ich muss zugeben meiner lebt davon, dass ich anderen Menschen beim Leben zu schaue und ihr Sein betrachte.

Die folgenden Seiten sind sehr persönlich, es sind viele Dinge, die ich einfach so mal dachte und die unaufgeschrieben verschwinden würden. Haben Sie nicht auch schon gedacht: „Schade eigentlich, um einen

Gedanken?"

Es ist so bunt wie meine Gedanken, dazwischen auch mal grau oder melancholisch. Es ist ein Stück von meinem Leben und im gleichen Atemzug verbunden mit anderen Menschen.

Nun könnten Sie mir als Autor vorwerfen, ich hätte vom Leben abgeschrieben und ich könnte es nicht einmal verneinen. Ja, woher kommen denn die Gedanken im Alltag, von dem, was uns umgibt. Mein Glück (ab und zu ärgert es mich auch damit!) ist, dass mein Unterbewusstsein in der Lage ist, diese Dinge Stunden oder Tage später in Worten wieder auszuspucken.

Ich wünsche Ihnen viel Spaß beim Eintauchen in meinen Gedankenkosmos.

Ihr,
Sven Heinzig

WENN DAS LEBEN ERZAEHLT.

Einfach zuhören können empfinde ich als großes Privileg. Für mich, dem Schreiber, ist es ein schöner Fundus an Momenten aus denen ich meine Gedanken und Worte ziehe, ein Bewusstsein entwickeln für die Geschichten zwischen den Menschen, die neben mir durch das Leben ziehen.

Ich fange die Mimik, die einzelnen Worte oder das Handeln auf. Lagere es im Unterbewusstsein ab und finde es dann in meinen Texten wieder. Dann ergibt es plötzlich Sinn. Ist ein Teil von mir. Ist ein Teil von den Menschen. Ein Teil von allem, was mich einmal umgab.

So wird meine eigene Welt bunter, weil ich genau fühlen kann, wie es meinem Gegenüber geht. Seine Momente auch meine Gedankenwelt erreichen. Eine Lehrerin nannte es einmal: "Meine übergroße Sensibilität."

Ehrlich gesagt fühle ich alles immer so deutlich, dass es sich in meinem Grübelchaos verankert, nicht mehr fortgeht, bis es zwischen die tippenden Finger auf den Textboden fällt. Manchmal möchte ich es abschalten, weil es mich abhält zu Handeln. Zu leben.

„So viele Gedanken. So viele Gefühle, die mich über die Brücke des Möglichen tragen. Oder im Morast des nicht Fortkommens festhalten."

SPIELEREI MIT WORT.

Worte, die aufgeschrieben werden sind geduldig. Du kannst sie einfach in Sätze fallen lassen, wie sie dir gefallen. Ausgesprochene Worte hängen gleich in fremden Ohren und beginnen auf Resonanzen anzuwachsen. Dann bist du in Zugzwang musst neue Antworten auf zu hastig gestellte Gegenfragen finden.

Merkst du aus den gegenüber Augenwinkeln schon dieses Erwartungshaltungszucken. Deshalb spiele ich lieber mit Worten in meinen Texten. Dort dürfen sie erstmal aus meinem Gehirn heraus an sich selbst wachsen, zu einem Gedanken, etwas das ich sagen möchte. Ein Gefühl, welches ich sorgfältig dazwischen auspresse.

Meine Hände haben mit den Jahren dieses Tastenfließen angenommen. Nicht wie mein Mund, der oft einfach stumm bleibt, aus Gewohnheiten heraus. *Ja, nicht das Falsche zu sagen!*

In meinen Texten bin ich Zuhause. Der Zimmermann. Auf der Baustelle des ursprünglichen Gedanken wächst das Fundament heran, auf dem ich die Etagen meiner Aussage errichte.

„Ich bin verwundert über das Leben. Es hätte nur sagen brauchen, dass es in Aufs und Abs wippen will. Ich ginge mit ihm auf einen Spielplatz."

LEBENSZEITUHREN.

Wenn ich einmal groß bin, dann drückt das Männlein bei der Lebenszeituhr auf den Schalter und schwuppdiwupp bin ich erwachsen. Dann darf ich alles, was die Erwachsenen dürfen. Lang auf bleiben, Fernsehen soviel wie ich will und naschen, wenn es meinem Bauch danach ist.

Ja, so einfach erschien es meiner Kinderlogik, die sich nicht erklären konnte, wie dieses Großsein sonst passieren sollte. Also wachsen würde ich von allein, aber erst wenn der Schalter umgelegt würde, dann wäre mein Denken das eines Erwachsenen.

Ich stellte mir wirklich eine große Schaltzentrale vor, mit ganz vielen Knöpfen, wie Lichtschalter. Kleine Männchen, welche die Lebenszeituhren der Menschen überwachen.

Wenn ein Kind auf die Welt kommt, dann wird eine neue Uhr in Betrieb genommen. Doch manchmal geht etwas schief, dann streiken die Zeiger. Was bedeutet, dass sich der eigentliche Geburtstermin verschiebt und die arme Mutter länger in den Wehen liegen muss.

BETRACHTUNG DES LEBENS.

„Mama, sag mal, wie ist die Welt von da oben?", fragte die kleine Tochter. Ihre Mama konnte nämlich über den Tellerrand hinaus sehen. Der Tellerrand über der Realität. Den sich die Menschen zusammen strickten. Über dem Horizont, der über der Wiese schwebte, als wäre er schon immer dort gewesen.

„Mama, kannst Du das wirklich wahre Leben entdecken?", bockig zerrte die Tochter an Ihrer Hand voller Ungeduld, weil keine Antwort kam. Zu abstrakt war das Leben, welches ihre Mutter entdeckte. Fernab von der Normalität, wie wir Menschen, sie für unser Sein erfunden.

„Mein Kind, wenn du über den Tellerrand hinaus siehst, dann kannst du das wirklich Wichtige sehen. Das Leben war schon immer da. In Form von Säuglingen in die Welt geboren, mit Bäumen, Wiesen, Blumen in der Natur verankert. Überall wohin man schaut, lebt es vor sich hin. Klar verständlich für das Herz und die Augen", sagte die Mutter zu dem ungeduldigen Kind.

Was sie verschwieg: Schaue der Mensch über das

Unmittelbare hinaus, könnte er so vieles entdecken, was nicht sehbar ist mit dem Auge des Fassbaren. Eine Menge Facetten, die verschwommen und für den Geist zu weit weg, zwischen den Wahrnehmungen der Realität und der Normalität, wie wir sie empfinden, liegen.

„Mama, wenn uns die anderen ansehen lachen sie, beschimpfen uns gar oder sagen wir wären nicht normal? Wieso machen Menschen so was, wieso sind sie so fest gefahren in ihrer Betrachtung des Lebens?", fragte die Tochter mit weinerlicher Stimme und eine Träne tropfte aus dem Auge, aus dem sonst die Freude und Schönheit über das Leben strahlte.

„Mein liebes Kind, das Leben schenkte uns Beine, Augen, Mund, der sagen könnte, was er will, bietet uns Fundament. Doch die Menschen interpretieren anders. Dem Leben selbst ist es egal, ob wir klein, groß, dick oder dünn sind. Ob wir lispeln oder nicht so schlau sind.", mein liebes Kind.

Sie brachte es nicht übers Herz ihr zu sagen, dass sie anders waren. Wenn etwas anders ist, würde es immer Menschen geben, die sich mit Vorurteilen und eigenen

Unsicherheiten auf das Anderssein stürzten. Weil es für Sie von der Norm abweicht und doch würden Sie sich nur einen Moment Mühe machen: „Könnten Sie vielleicht entdecken, wie viel gerade solche Menschen geben könnten, wie viel sie sind?". Denn nur die Oberfläche ist anders, doch sind sie doch wie alle anderen mit einem Herz und Leben ausgestattet.

„Mama, Mama, was siehst du noch?", bettelte die Tochter voller Neugier.

„Über den Wolken gibt es noch viel mehr, dort wo die Sterne wohnen. Vielmehr, als der Mensch wohl je begreifen kann. Doch wir sollten uns alle an der Reichhaltigkeit unserer Natur erfreuen. Die Quelle von Schönheit und von Leben. Vielfältigkeit, die wir als Wichtig schützen und achten sollte, jeden Menschen, als Individuum sehen und als Wesen, das unser Leben bereichert, sollten niemanden ausgrenzen, nur weil er anders ist oder aussieht. ", sagte die Mutter voller Hoffnung und Überzeugung.

DAS LEBEN HAT EINEN „NIMM WEG RAUSCH".

Als wir gehen trete ich noch einmal an Ihr Bett, sowie es meine Tante vorhin getan hat. Sie sagte so etwas wie: „Ich komme morgen wieder Mutti, dann geht es dir wieder besser" und streichelte ihr mit einer liebevollen Geste über das grauweiße Haar. In dieser Geste lag soviel Liebe, vergangener Momente, die ich deutlich spüren konnte. Nun stand ich an Ihrem Bett und mir rutschten die Worte über die Lippen: „Dein Herz wird schon entscheiden, was das Richtige ist. Mach es gut Omi, ich liebe dich." In diesem Moment öffnet sie einmal kurz die Augen, eine, vielleicht zwei Sekunden. Zu kurz für die Vernunft zu glauben, sie weiß, dass wir da waren. Aber für die Hoffnung, für das innere Gefühl, eine Form des Abschiedes, auch für Sie – hoffe ich.

Zeitgleich schicksalhaft punktiert stirbt auch meine Oma. Zwei Stunden nach dem aufwühlenden Telefonat mit Ihr, ein zweiter Schicksalsschlag. Ein „Nimm weg Rausch" des Lebens schießt es mir durch die Gedanken und ich fühle mich schlagartig allein.

„Sie haben die Maschinen abgeschaltet", erzählt mir mein Vater, in einem sachlichen Erzählton, als wäre es eine Geschichte, die keine Wurzeln schlägt in seinem Gemüt. Doch in mir bricht das Chaos aus und ich laufe innerlich von allem weg. Meine Tränen bringen die Untergangsstimmung in sicheres Kielwasser und meine Gedanken treiben uferlos dahin. Wirbeln zurück. Zurück, als diese verdammten Maschinen noch Restleben in meine Oma pumpten, als wäre sie ein Lebensvakuum, das nur wieder mit Kraft befüllt werden muss.

Meine Tante und meine Mutter waren beim Chefarzt und verkünden das medizinische Urteil: „Sie ist stabil, auf schlechtem Niveau". *Stabil auf schlechten Niveau? Was heißt das? Der Wille, der sie noch auf Erden hält hängt am seidenen Faden und immer mehr vom Band am Leben zu sein abgeschabt wird? Ich kann nichts damit anfangen.*

Schon als ich das Krankenhauszimmer betrat und meine Oma da liegen sah, durchflutete mich das Gefühl: „Sie will gehen, sie will nicht mehr". Jeder Atemzug brache pfeifende Geräusche mit sich, wirkte in ihrem Gesicht krampfartig nach. Sie ist unruhig, kämpft gegen die Gurte an, die sie ans Bett fesseln. Es scheint, als wolle sie loslassen und noch ist niemand bereit sie gehen zu lassen. Natürlich sind die Gurte nur zum Selbstschutz, damit sie in einem möglichen wachen Moment, die lebenswichtigen Schläuche nicht heraus reißt. *„Wie viel von meiner Oma ist noch hier?", denke ich und starre sie an, als erwarte ich eine Antwort darauf.*

Mittwoch hatte sie einen Herzinfarkt, um die Mittagszeit, einfach so. Einfach so? Morgens ging es ihr noch gut, aber dann machte das Herz schlapp. Nun ist Sonntag meine Tante, mein Onkel, meine Mutter und meine Schwester stehen mit mir an ihrem Bett. Meine Tante sah gezeichnet aus von der letzten Zeit. Sie hatte abgenommen, das Bild von ihr in mir musste neu gezeichnet werden. Äußerlich wirkte sie im Moment nicht mehr wie die starke Frau, die sie immer gewesen war. Doch im Zwiegespräch mit meiner Oma zeigte sie, dass sie immer noch Hoffnung hegte und unendlich viel Kraft hatte, sich immer wieder an das Bett mit aufmunternden Worten zu setzen. Mein Onkel stand die ganze Zeit, wie als gehöre er zum Inventar im Raum und bis auf ein paar auserwählte Sätze blieb er stumm. Meine Mutter weint, meine Schwester ist still und jeder hier hängt seinen Gedanken nach.

Über 9 Jahre habe ich meine Oma nicht gesehen und nun liegt sie da, ich bin sauer auf mich. Nur weil unsere beiden Familienteile, irgendwann das verbindende Element verloren, bin ich nicht mehr hingefahren. Es ist schrecklich jetzt da stehen zu müssen und so vieles nicht mehr sagen zu können.

Kurz darauf verlassen meine Tante und mein Onkel das Zimmer. Wir drei, meine Mutter, meine Schwester und ich bleiben zurück. Für noch einen Moment mit Oma. Ich trete an das Bett. *Wie faltig ihr Gesicht geworden ist, das graue Haar liegt ordentlich auf dem weißen Kissen, grau-weiß Kontrast. Überall die Schläuche und sie wirkt so zerbrechlich in dem riesigen Bett.*

Ich halte inne und möchte doch noch soviel sagen.

Dann fasse ich mir ein Herz und streiche ihr mit meiner Hand über das Gesicht. Tief aus meinem Innersten sprudeln die Worte hervor: „Ich hab dich lieb Oma, doch dein Herz wird schon entscheiden, ob es Zeit zum Gehen ist". *In meinem Innersten fühlt es sich wiedie Wahrheit an, ich denke auch wenn es schwerfällt, dass wir sie nun ziehen lassen müssen.*

3 Tage später ist sie tot. Die Maschinen und die Ärzte haben im Einverständnis meiner Tante und meiner Mutter, Ihren Kampf aufgegeben. Sie bekam in der letzten Zeit viel Morphium, so dass sie, so Gott wollte, schmerzfrei von dieser Welt gehen konnte. In den letzten beiden Tagen wurden noch viele Schwachstellen in Ihrem Körper gefunden, die ein weiterleben unnötig erschwert hätten, wenn überhaupt.

Früher wollte sie auch immer eine halbe Stunde früher am Bahnhof sein und nun wollte sie schneller in den Himmel, denke ich. Sie war sehr gläubig, ich bin es nicht und trotzdem gibt es mir Kraft, mir vorzustellen, dass sie mit der ihrer alten Reisetasche in der Hand eilig zum Himmelstor eilte.

LEBEN IN TÜTEN.

"Wieviel Leben passt in eine Tüte?
Manchmal das Ganze. "

Immer wieder in meinem Leben begegnen mir Menschen, deren ganzes Hab und Gut in Tüten wohnt. Aldi, Lidl oder Nettotüten, abgegriffen, löchrig und schmutzig. An rauhen Handgelenken, die zu Gesichtern gehören mit Augen, die das letzte Funkeln verloren haben. Die Ernüchterung sitzt betreten fest in Ihren Blicken. Diese Trauer, die sich um die Augen kringelt und mit den Jahren zu Furchen wird.

Gerade während meiner Zeit in gemeinnütziger Arbeit für das Sozialamt fanden sich etlicher solcher, weitab vom Gesellschaftsufer, gestrandeter Seelen in meinem Alltag wieder. Dann saßen wir in einem alten Bauwagen, weil die Arbeit den Parkplatz kehren und vom Unkraut befreien schnell erledigt war. Udo, 63 Jahre, von den selbstgedrehten Zigaretten tief gelblich-braune Fingerkuppen, faltige Gesichtshaut und einem Bart, wie graues Buschgestrüpp. Klaus, weit über die

40, Alkoholiker, breites Kreuz, aber keine Verankerung im Leben. Ich, knapp 20, gerade ohne Peilung für mein Leben und krampfhaft bemüht mir meine Situation schön zu denken. Dazu kam Eberhard, gerade 50 geworden, graues Haar, strähnig, manchmal Seitenscheitel und sein Leben immer eingehenkelt in einer Aldütüte. "Ein Haufen von Versagern, aber doch Menschen", dachte ich manchmal über uns.

Es wurde Bier getrunken und zum runterspülen Underberg. 1,2, 3, wer zählt da schon mit. Ich mag kein Bier und keinen Underberg. Ich mag nicht mal Alkohol sonderlich, aber ich trank mit. Es schien mir die Schuldigkeit gegenüber diesen Menschen, die das Leben verraten zu haben schien. Vielleicht hatten sie sich auch selbst verraten, indem sie irgendwann die Pfade der Möglichkeiten verließen und sich dem Trott anschlossen.

Eberhard war früher Ladenbesitzer. Ein Baby - und Kindermodengeschäft. Ich erinnerte mich, wir waren zu DDR Zeiten einmal dort einkaufen. Er erzählte uns immer wieder gern Geschichten von damals. Früher hätte er nur Anzüge getragen, feines Rasierwässerchen auf die Haut getupft und Essen gehen war eines seiner ständigen Hobbys. Schwer vorzustellen, wenn ich ihn jetzt so sehe. Fleckige Klamotten, das Haar hängt strähnig über der zu rötlichen Kopfhaut. Doch sein Abstieg kam erst auf leisen Sohlen nach der Wende: Sein Geschäft lief immer schlechter. Dann fing es an zu rennen: Pleite, Frau verlässt ihn mit den Kindern und er fängt unbemerkt für sein Selbstverständnis an mit Trinken. Inzwischen ist ohne Bier und billigem Fusel das Leben eine Zitterpartie. "Doch ich kann jeder Zeit wieder aufhören", höre ich ihn murmeln, während ein Schluck Underberg von seinem Kinn tropft.

Udo mit seinen 63 Jahren hat die Hoffnung aufgegeben, dass sich noch einmal etwas für ihn ändert. Ab und an, wenn er in der Bildzeitung blätterte, träumte er vom Fortkommen. Durch die Welt reisen und noch einmal anzugreifen, was seine Lebensmöglichkeiten betraf. Er hätte es früher nicht schlecht gehabt, immer gut und viel gearbeitet, aber nun war er alt und ungebraucht. „Wer will mich denn noch?", brummelte er, während seine gelblichen Finger, die nächste Zigarette gekonnt drehten. Frau und Kinder gab es nicht, keine Familie, die mehr lebte oder sich einen Deut für ihn interessierte. „Ich werde einsam sterben, aber was solls, vielleicht tue ich es schon jeden Tag - ein Stück".

Klaus erzählte nicht viel, außer dreckige Witze, nach dem zweiten Bier. Über seine Vergangenheit, sein Sein sprach er nicht. „Ich bin kein Jammerer, ich bin ein Mann." Das stimmte, ein breites Kreuz hatte er und wenn er betrunken war mochte niemand ihm so wirklich begegnen wollen. Denn er war kein Redner, er löste alles mit Zuschlagen.

Mit diesen Menschen verbrachte ich einige Zeit im Bauwagen, auf dem einsamen Parkplatz, irgendwie fernab vom Alltag der Gesellschaft. Bevor mein eigenes Leben weiterging und ich die Chance bekam, diesem Trott zu entfliehen.

Eberhard sah ich ein halbes Jahr später noch einmal im Park im Rundell sitzen, im Tiefschlaf, die letzten Schlücke Bier, als Sabberflecken auf seiner Jacke. Ein mitleidiges Lächeln in seine Richtung und dann doch weiter im Alltag. Trotzdem habe ich aus dieser Zeit nie vergessen, wie schnell es gehen kann. Dann reißt es dir dein Sein in Stücke und du stehst vor den Trümmern, aber gibst auf bevor Du es wieder aufbauen kannst.

Viele belächeln Menschen, denen es so ergangen ist, die jetzt als Penner und Assis wahrgenommen werden und durch die Gesellschaft schlürfen. Sie werden mit Ekel beachtet, mit Abscheu oder manchmal mit überzogenem Mitleid. Doch keiner weiß, warum oder wie sie früher waren. Natürlich gibt es oft eine Mitschuld im Lauf der Dinge, aber es gab auch ein Davor.

Deshalb denke ich, wenn ich solche Menschen sehe: "Es vergisst sich so schnell, dass der Gegenüber auch eine Vorgeschichte hatte."

MEIN LEBEN SCHAUT AUF DIE UHR.

Es scheint, als warte es auf etwas. *Ist das Verfallsdatum schon abgelaufen?* Im Moment bewegt sich nichts vorwärts. Gedanklich und moralisch mache ich drei Rollen rückwärts und krame voller Ungemach in vergangenen Momenten.

Suche irgendwas, dass es mir plausibel macht, wie und warum ich eigentlich lebe. Sinn des Lebens steht in großen Lettern über meinen Gedanken geschrieben

Versuche es wegzudenken, weil es den nicht gibt. Im Moment. Im Moment gibt es eigentlich nichts. Ausser mir und meinem Leben. Das tickend sich mit der Tagzeituhr paart, um über die Runden zu kommen.

Morgens wachwerden, abends schlafen. Stumpfsinn zwischendrin. Da sitzt kein Aufbegehren mehr zwischen, das ruft: "Hey, du hast es drauf." Es würde sich auch verlaufen in den dunklen Wolken der Enttäuschung. Über alles. Ich hatte gedacht. Ja, ich hatte gedacht: Ich hätte mein Leben im Griff.

Doch eigentlich hat es mich am Schlawittel gepackt und

schleift mich durch den Alltag. Dabei spielen Gebrauchsspuren und Abnutzung des Gemüts keine Rolle. Ach, ich würde sogern einfach loslaufen und nicht ankommen. Irgendwie stößt man immer an Grenzen. Des Seins. Der Welt. Dem Drumherum.

Einfach sorglos losgehen, den Rucksack voller verrückter Ideen, Ideale und Ziele. Ich hab Ihn verlegt, in meinem Reiseproviant zur Entdeckung des Lebens herrscht Ebbe. Auch die Karte des Seins habe ich verloren und irre wahllos und schutzlos durch die Wüste des Nichts.

Trübsinnig blicke ich der vergangenen Sonnenzeit hinterher, die Kälte der Ängste hüllt mich ein. Verpackt mich in einen Mantel von Selbstmitleid. Wo geht es hier raus? Kein Wille. Dazu. Dafür. Dagegen. Sei es so halt. Ich habe gewusst, dass es so kommt.

Am Ende hat man sich nur etwas vormacht, dass alles besser geworden ist, im Leben. Kleiner Einfaltling des Seins. Geh und begrab deine Hoffnungen. Im Gestern.

Heute ist nur noch die Zukunft…

„Suche: Teststrecke für Gefühle. Biete: Herzrasen."

ALLEINSAMKEIT.

Einsam steht der kleine Junge mit seinem verschlissenen alten Teddybären. Die Arme verschränkt, um seinen mageren Körper, beschützend irgendwie.

Die Menschen laufen an ihm vorüber, niemand nimmt Notiz von ihm. Keiner reicht ihm ein Taschentuch, um seine Tränen, die sich über seine Wangen ergießen abzuwischen.

Es ist als wäre der Junge nicht da, sodass die Welt durch ihn hindurch erscheint. Der Regen hat nun auch eingesetzt und vermischt sich mit den Tränen des Jungen.

Wenigstens ein Gefährte in dieser Einsamkeit und noch immer steht der Junge da. Neben ihm der große, alte Koffer mit den abgewetzten Seiten und obenauf liegt ein Schild. Die Buchstaben, die fein säuberlich darauf geschrieben wurden werden langsam zu einer dunkelblauen Tintensoße. Nur wer genau hinsehen würde könnte den Satz erkennen, der in weißer Vorsicht dahin geschrieben.

Er steht an einem Bahnhof der Nachmittagszug zischt schon wieder in seiner Dampfwolkenflut in Richtung nächster Halt.

Kalt ist es hier und vielleicht zittert der kleine Junge deswegen. Oder doch aus Angst. Er steht da wie vergessen und schaut in die große Welt mit seinen Kulleraugen.

MADAME VERLEGENHEIT.

Manchmal kommt man um die Verlegenheit nicht herum. Wie oft in meinem Leben, saß ich mit Menschen zusammen, die Worte flogen fröhlich herum und die Gemeinschaft war ein offenes Lachen. Doch plötzlich sitzt dir die Verlegenheit im Kreuze, hält dich auf, macht dich kleinlaut.

Es scheint, als würde die Verlegenheit dir die Worte direkt vom Denken weg stibitzen. Die wenigen Worte, die du noch sagen könntest, sitzen in der Kehle fest und rücken keinen Zentimeter. Dein Mund, ein verzogener Strich unter dem keine Silbe mehr passt. Eine Unbehaglichkeit breitet sich aus, auf einmal ist die Gemeinschaft ein glotzender und erwartungsvoller Haufen, der Dich immer weiter in die Ecke drängt - genau in die Arme von Madame Verlegenheit.

Es scheint, als seie sie eine alternde Gedankendiva am Tore der Sprachlosigkeit. Mit Hunger auf Momente, in denen ein Ich nicht mehr sich selbst ist. Besonders abgesehen hat sie es auf die Augenblicke, wenn Liebe blüht. Ihr Praktikant, die Schüchternheit, darf sich dann in dem Projekt des denkenden Nichtstun ausleben. Sie bremsen aus, nehmen das Handeln in die Mangel und lassen wenig Luft zum atmen. Jeder verschenkte Blick, jeder verschenkte Kuss und jeder verschenkte Moment eines Kennenlernens hängt an ihrer Wand als Trophäe. Kalte, graue Bilder von ehemals bunten und freudigen noch wachsenden Gefühlen. Die Madame Verlegenheit putzt mit ihrem, aus deinen Tränen gewebten Tuch, darüber und pfeift leise die Melodie der Schadenfreude.

Madame Verlegenheit sitzt fett und träge auf den Momenten, wenn ein Herz den richtigen Weg kennt, aber nicht handelt. Sie stellt Richtungspfeiler auf, die in den Gedanken Sackgassen enden. Da stehst Du nun im Dunkeln, während Dein Gegenüber im Licht auf Dich wartet. Auf das Licht von Worten, das von deinen Lippen kommt. Doch du presst sie fest zusammen, als könntest du die Verlegenheit damit erdrücken.

Ein kleiner Trick ist ein verständnisvolles Lächeln deines Gegenübers, eine Berührung, die den Fluch der Madame Verlegenheit aufhebt. Denn gegen starke, wahre Gefühle ist sie machtlos. Sie hat nur Macht über die kleinen, unbeholfenen Dinger, die dann im Aquarium des Verlustes ertrinken. Unterhalb deines Kaulquappen-Mundes.

Also nimm deinen Mut zusammen und lächele wenigstens zurück!

LEICHTIGKEIT.

„Sie kannte das Gefühl zu straucheln. Im Leben. Nun wollte sie auch mal Pirouetten Prinzessin der Leichtigkeit sein. "

In den eigenen Ansprüchen und den, der Anderen verfangen. Die Beine, die wild durch Gewohnheiten stolpern. Lustlos. Von einem Tag in den Nächsten und übermorgen beginnt das Spiel von vorn.
Dabei wollte Sie hoch hinaus hüpfen, sich mit dem Wind der Veränderung drehen. Mit einem Lächeln im Gesicht und der Lockerheit des Herzens ihr Sein um 180 Grad drehen. Wendung: Dem Leben und dem Glück zugewandt.

BITTERSUESSE IRONIE.

Ein Gedankenspiel von Roja.

Warme Farbspiele tauchen die Welt in Melancholie,
schaurig schöne unvergessliche Sympathie.

Tränen hüllen mich wie Nebelwolken ein,
fallen lassen, hingeben, eins mit allem sein.

Sich selbst verlieren und in allem wiederfinden,
Emotionen, die sich immer enger um mich winden.

Schmerz und Freude zu einem kunstvollen Netz
gewebt,
nie hat man intensiver gelebt.

Eine Träne fließt, ein Lachen erschallt,
schwereloses Schweben beraubt jeden Halt.

***Endloses Glück im größten Schmerz, doch am
größten Glück erstickt das Herz.***

GESTATTEN, LIEBESKUMMER.

Er kam das erste Mal völlig unangekündigt. Da saß er in mir drin. Ich war 10 und sie 11. Blond, Zöpfe und ein Lächeln, dem du noch stundenlang in Gedanken hinterher blickst.

Wir waren beide im Ferienlager und sie interessierte sich nicht für mich. Mein Liebesbrief wurde zum Lachopfer für ihre Freundinnen und sie.

Nun hatte ich meinen Liebeskummer, von dem ich nicht wusste, woher er kam und was er genau von mir wollte. Doch er saß da in meinen Gedanken und ließ mich dumme Dinge tun. Noch bevor ich selbst darüber nachdenken konnte, war ich in den Hungerstreik getreten. Obwohl mein Magen knurrte, sagte ich: „Wenn sie mich nicht will, dann hungere ich." Um diesen Plan abzusichern hatte ich noch die heimliche Packung Kekse in meiner Reisetasche. Es war ja nicht gemogelt, denn ich hatte das leckere Mittagessen für sie sausen lassen.

Nun waren wir bekannt, der Liebeskummer und ich. Gut,

er hatte sich nicht wirklich vorgestellt. „Gestatten, Liebeskummer. Immer da, wenn du mich brauchst. Kannst auch „Kummi" zu mir sagen." Nein, so nicht, aber er kam in den nächsten Jahren immer wieder. Dann hörten wir gemeinsam schnulzige Lieder, hauchten Tränen in das Taschentuch und verfluchten die Eigenwilligkeit der Liebe.

„Es gibt keinen Plan B,
weil Plan A, die Liebe
war."

GEBRAUCHTWARE: LIEBE.

„Ich tröste mich mit dem Gedanken: Er bekommt dich gebraucht."

Vor euch waren wir. Ein Paar. Du gehörtest zu mir, sowie ich zu dir. Nun schlägt dein Herz für ihn, küssen deine Lippen seine und dein Alltag dreht sich nur um ihn.

Während ich sitze und darüber nachdenke, kommt mir in den Sinn: „Es ist alles nur gebraucht." Jedes Gefühl ist zwar neu für euch – zwischen euch, aber eigentlich ist es schon einmal benutzt, weil wir es fühlten – füreinander.

Ein kleiner Trost, gedanklich, aber lieber ein gebrauchtes, aber aufrichtiges Gefühl, als meine Erinnerung, die schmerzt.

UND DANN LIEBST DU (MAL WIEDER) EINEN ANDEREN.

Niemand ist so, wie du. Es scheint, als hättest du ein Patent auf das wieder Verlieben bei mir.

Wann immer du in meinem Leben auftauchst, bist du auf wundersame Weise erneut von Bedeutung. Die Zeit dazwischen scheint keine Rolle zu spielen. Wenige Worte spielen mit meiner Erinnerung und erneuern deine Besonderheit in meinem Leben.

Irgendwas verbindet uns und ich komme nicht dahinter was. Doch dann telefonieren wir wieder viele Tage unzählige Stunden die Nächte hin durch. Du tapst in meinem Alltag herum und ich halte dir meine Gemütstür weit auf. Nur um diesen Zauber in mir zu spüren, der damals noch von deinen Lippen kam.

Inzwischen bist du unzählige Male neu verliebt gewesen und meinst dennoch ich wäre etwas besonderes irgendwo in deinem Herzen. Ich glaube dir, bin noch einmal so naiv, wie in unseren ersten Momenten.

Nun haben wir uns viele Jahre nicht mehr gesehen. Die gemeinsamen Momente überziehen Schatten und Nebelketten von verschiedenen Alltagen. Doch ich zähle immer noch in Gedanken die Sommersprossen, die auf den rosigen Pausbäckchen in Deinem Gesicht wandeln. Höre dein Herz leis pochen zu den Worten: "Ich liebe dich", welche ich voller Ungeduld an unsere Liebe murmelte.

Ich liebe dich noch immer, wäre zuviel gesagt, aber es ist die Seelenverwandtschaft, die nicht müde wird ein Uns zu hoffen. Vor dir und nach dir traf ich nie wieder einen Menschen, der mich so gefangen nehmen konnte für das Gefühl zwischen zwei Herzen.

In Deinen Armen träumte ich davon: *Wegzukommen von der Einsamkeit. Ein Boot aus dem Schlamassel dunkler Pessimistentümpel-Gedanken zu chartern. Vielleicht bis zum Lebensende zu fahren, um dann zu merken, dass dies die Wirklichkeit war. Oder doch nur für den Augenblick, als Retter zweier Herzen. Zwei mal zweimal Augenpaare, die sich wirklich sahen und fühlten. In jedem Moment.*

Deine Küsse waren mehr als Lust. Sie waren Lust mit Gewissheit. Mit einem Schmecken von einem Gefühl dahinter. Wie Bonbonbrause kribbelte es im ganzen Körper. Wirkte nach. In Gedanken, auch denen von heute.

Von heute, wenn du wieder mal einen Anderen liebst. Ich, den kleinen Moment verpasst habe dich erneut zu sehen. Zögerlich wird mir bewusst, dass wir mehr haben als die Liebe, die wir leben könnten. Wir sind uns zwar wichtig, aber es reicht nicht für ein Alltag getragenes Wir. Es ist das Sehnen, was wir immer haben werden, wenn in fremden Augen und Herzen eine Liebe an uns erblüht.

So nah wir uns waren werden wir uns vielleicht nie wieder sein. Nur in der Hoffnung oder im Sehnen. Die Wirklichkeit mag es nicht kümmern, die geht fort. Hinfort in neue Momente, die nicht mehr viel gemeinsam haben. Mit uns. Schade drum und doch wirst Du da sein (und das weißt du). Immer! Irgendwie.

Unsere gemeinsame Vergangenheit wird uns niemand mehr nehmen können. Nicht einmal der Umstand: *Und dann liebst du mal wieder einen Anderen.*

LIEBESSCHACHTMATT.

„Gefühlsschach mit dir. Rückwärts gehen verboten! Vorwärts gehen? Liebesschachmatt! Und nun? Die Dame schlägt den Bauer."

Wie ein Läufer der Gefühle renne ich, um die Gunst deiner Liebe. Hänge hinter meinen Erinnerungen und suche den nächsten Zug meines Herzens.

Ich, ein Bauer, der am Anfang viele Schritte auf dich zu machte und nun nicht mehr zurück kann. Damenhaft von neuer Liebe eingehüllt, stolzierst du an mir vorbei und rufst: „Schachmatt" in Richtung meiner Liebe.

HUCH, NUR NOCH EINE FREUNDIN.

Auf den Lippenspitzen, die man
früher so oft küsste, tanzen heute
die Worte einer Freundschaft.

Solange Monate lagen wir in der Erwartung von Liebe in Gedanken wach. Dachten nie daran, dass es die Zeit anders bestimmen könnte. *"Nein, wir gehören zusammen und alles wird wie früher sein."* In den Zeiten ohne ein wirkliches Treffen schien nichts dagegen zu sprechen. Alle Träume, alles Ersehnen schien auf eine fruchtbare Zukunft zu fallen. Eine Melodie, die scheinbar aus unserem Herzen und zwischen unseren Augenblicken flirtete.

Dann haben wir uns getroffen. Wir wollten Schicksal spielen, die Zeit zwischen dem Damals und dem Jetzt überlisten. Am Ende saßen wir im Dilemma der Realität. Irgendwer, irgendwas hatte die Vertrautheit zwischen uns fort gerückt und es musste kommen, wie es kam. Es erreichte zu keinem Zeitpunkt in Grundzügen, was wir einmal füreinander waren. Wie zwei Blinddate-Idioten saßen wir in einem Moment, in dem die Worte zähflüssig zwischen den zu lauten Schweigmomenten schepperten. Entweder erzähltest du, ich schwieg. Oder ich erzählte, du schwiegst. Selbst die Erinnerungsbilder, die wir uns malten, konnten nicht kitten, was längst zerbrochen zwischen uns lag.

Die ganze Zeit im Kopf gedacht: *"Los küsse sie! Rette den Moment!"* Ich habe es nicht getan. Hätte sicher komisch für die Leute, um uns herum ausgesehen, wie Schwester und Bruder sich küssen. Ja, die Wahrheit in meinen Momentgedanken kamst du mir, wie eine Schwester vor, mit der man in der Stadt bummeln ist. Enttäuschung! Nur für kurze Momente bekam ich den Menschen zu fassen, den ich einmal über alles geliebt hatte. Natürlich beruhte es scheinbar auf Gegenseitigkeit. Auch du machtest keine Versuche zu retten, was zu retten wäre.

Was hat das Leben nur wieder angerichtet? Damals waren wir über unsere Herzen und Gefühle hergefallen, alles war locker und leicht gewesen. Niemand und nichts hätte uns trennen können. Jetzt trennte uns nur ein Tisch in einem Schnellrestaurant, aber unsere Blicke trafen sich nicht mehr wie früher. Ein Blick aus deinen

Augen hatte genügt, um mich aus dieser Welt abzuholen. Jetzt lag der Schatten von Desinteresse in den schillernen Lebenserklärern von früher.

So brachte ich dich zum Bus. Dann noch ein scheues Lächeln, ein letzter Moment, der mit dem Taschentuch und kleinen, inneren Tränchen uns zum Abschied winkte. Fort, aus dem Blickfeld. Fort, die Erwartung. Fort, die Liebe. Die Traurigkeit blieb, saß mit ihren Emotionen zwischen meiner Rückfahrt und dem Aufwachen aus einem Lebenstraum.

Was sind wir nun? Freunde? Liebesfesthalteverlierer? Herzneujustierer? Ich wusste es nicht. Bis heute weiß ich es nicht. Du gibst mir mit wenigen Worten Recht, dann sind wir praktisch wieder eine Solokombo, die keine gemeinsame Melodie mehr spielen wird. Im Herzen. Im Sein. Ach, im überhaupt. Nicht. Es schmerzt. Irgend so ein "Ich-will-es-einfach-nicht-wahrhaben"-Gefühl schaltet sich ein. Noch ein Versuch. Doch längst haben wir die Vergessenheitsgrube ausgehoben, für das Uns. *"Liebe Trauergemeinde, wir sind heute zusammen kommen, um die Gefühle zwischen diesen beiden früheren Herzverstehern zu begraben..."*

Wie kann soetwas sein? Niemand war mir in meinem Leben so nah. Niemand konnte mir so leicht die Schwere aus meinem Leben nehmen. Niemand spielte so schön mit meinen Lippen. Niemand saß mit seiner Persönlichkeit so schön in meinem Wohlgefallen. Niemand schaffte es, dass mein Pessimismus, ein Lächeln auf der Zeit trug. Niemand....Du warst alles, alles Schöne, alles was ich je wirklich haben wollte. Dich hätte ich geheiratet, wenn es den Moment gegeben hätte.

Hätte, hätte, hätte, *wer hat nur dieses Wort erfunden?* Schaurig. Lass es doch lieber wieder ein Jetzt sein. Ein Jetzt, dass kein Damals braucht, um ein Heute zu sein. Die Wahrheit, die zwei Menschen, die wir früher füreinander waren, gibt es wohl nicht mehr. Wir müssten uns wohl noch einmal ganz neu kennenlernen. In einem Blinddate, das blind ist für die Zeit, die wir damals benutzten, um uns so nah zu sein. *"Hallo ich bin Sven und wer bist du?* Absurd.

So sitze ich fernab von dir und bin frei für etwas Neues, aber manchmal, manchmal, holen mich die Träume von einem wiederbelebten Uns ein.

FLUGHAFEN: LIEBE.

"Ladys and Gentleman, bitte schnallen Sie Ihre Gefühle an, nehmen Sie eine positive Bewusst— seinshaltung ein und halten Sie Ihr Herz bereit. Wir setzen nun zur Landung an und erreichen unseren Zielort die Liebe."

Manchmal kommt mir die Liebe wie ein Flugplatz vor. Lauter Gefühle in mir, die sich wild tummeln. Die, die gerade gehen oder die, die gerade noch am Ankommen sind. Dazwischen ich, der zum Landeplatz der Gefühle hinaus blickt, um zu ergründen, ob der Hoffnungsstreif am Horizont der Gedanken ein neuer Anflug von Liebe sein könnte.

Im Herzen werden noch schnell die alten Liebeleien, Enttäuschungen und der Kummer abgefertigt, um sie auf die Reise zu schicken. Nächster Flug: in die Unwichtigkeit. Denn jeden Moment könnten die neuen Passagiere der Endorphine Maschinerie aus dem Verliebtsein eintrudeln. Dann könnte man zusammen zu neuen Höhenflügen ansetzen.

Doch in manchem Gedankenflug sitzen die blinden Passagiere Angst und Zweifel, die nur auf den Moment warten Gefühle abstürzen zu lassen. Doch die Zollbeamten der Erwartungen sind wachsam und überprüfen die Emotionen schon bei der Einreise ins Gefühl.

Wie oft dachte man in einem fremden Herzen landen zu können und doch reichte das kurze Auflodern von Gefühlen nicht, um dauerhaft zu bleiben. Dann wartet man in den Katakomben der Einsamkeit auf die Abfertigung durch die Lebenszeit und eine neue Chance in Richtung Liebe. Mit allen ihren Höhen und Tiefen.

GEDANKENSTRICKMUSTER: LIEBE.

Wohin führt uns die Liebe? Wenn sie uns zaghaft, wie ein kleines Kind an den Arm nimmt. Fortführt aus dem Allein - und auf sich selbst fixiert sein. Wenn sie einem plappernd von der zuckersüßen Gefühlswelt neu angelegter "Rauschmoment-Gärten" erzählt.

Das Lächeln von einer Wange unbekümmert auf die andere wandert, ohne hinterher zu wissen, warum. Wenn trüblich kalter Nebel uns wie Zuckerwatte die Realitätsenden verklebt. Beide Lungenhälften tief einatmen, das Narkotikum ihrer Nähe. Die Beine schwer werden vom nicht weglaufen wollen.

Was macht die Liebe da mit uns? Sie kitzelnd dort in der Magengrube sitzt und lacht. Lauthals, schwerelos und mit neuer unbekümmerter Naivität. Sie einem die tollsten Momente vormalt ohne dass man es verlangt hätte.

Augenblicklich verschwindet alles Trübsinnige im Adrenalin -Strudel, weil es wie Friedenspfeifenrauch über die Alleinsein Momente streift.

Leise, fast unbewusst, wurde das Tor zu einem neuen "Ich liebe Dich"-Gedanken geöffnet…

LIEBE IST.

Im Zug nach Nürnberg. Mir schräg gegenüber ein älteres Ehepaar. Ich schätze die Beiden auf Anfang 70. Das Leben hat seine Spuren an ihnen hinterlassen.

Still und stumm sitzen sie beieinander. Sie hält ihre Hände gefaltet im Schoss und er stützt sich auf seinen Stock. Ab und zu fährt seine Zunge über seine Lippen, um sie zu benetzen. Die alte Dame schaut zum Fenster hinaus.

In meinem Kopf male ich mir aus, wie sie wohl früher ausgesehen haben. Das passiert mir oft, dass ich darüber nachdenke, wie Menschen wohl früher waren. Bevor die Zeit und die Jahrzehnte vorüber gingen.

Der Zug zuckelt seinen Schienenweg entlang. Sicherlich wäre ich in meinen Gedanken weitergegangen, wenn nicht etwas passiert wäre, dass ich nie wieder vergessen konnte:

Die ältere Frau fragte: "Möchtest du auch etwas essen?". "Hmmm.", brummelte der Mann. "Gut, gut", sagte sie und wandte sich dem Beutel mit der Verpfle-

gung zu. Sie holte einen Apfel heraus und schaute ihn mit einem treuen Blick an: "Soll ich ihn Dir achteln?". Mit soviel Liebe, Zuneigung in der Stimme und in den Augen, dass es mir warm ums Herz wurde. "Hmm.", brummelte der Mann erneut und schaute ihr in ihre Augen.

Eine kurze Szene, die doch so voller Vertrautheit war. Liebe ist, dachte ich mir. Ich glaube wirkliche Liebe muss wachsen, mit den Jahren. Aus Liebelei wird Vertrautheit und Geborgenheit, die eine Nähe schafft, welche mit wenigen Gesten ausdrückt - wie eins man ist.

Ich nahm diesen Moment mit einem Lächeln mit.

„Warum gibt es eigentlich keine Schonbezüge für Gedanken? Ich nutze mir so oft, die Gefühle daran ab."

GEDANKENPURZLER.

In meinem Kindheitskopf stand die Frage: "Irgendwann muss der Kopf doch mal voll sein. Purzeln dann die Gedanken zu den Ohren wieder heinaus?

Schon als Kind war ich ein Grübler. Über alles und nichts machte ich mir Gedanken. Während andere Kinder schon wieder mit dem nächsten Moment spielten, wollte mein Kopf noch ergründen, warum es gerade so war. Ein kleiner blonder Junge, der sein Gesicht in Falten legt, eine steinerne Miene aufsetzt und immer ein großes Fragezeichen unter der Brille zwischen den Augen trug.

Den Kopf voller wilden Ideen, Gerüche, Gedanken und dem Bewusstsein, irgendwas muss noch hinter dem Offensichtlichen sein. Von meinen Eltern bekam ich wenig Antworten, so suchte ich sie mir in Büchern oder in meiner Fantasie. Malte mir die Welt nach eigenem

Ermessen aus, mal bunt, mal grauer und in vielen verschiedenen emotionalen Schattierungen.

Doch wenn mein Kopf zu voll wurde hatte ich immer Angst, die schönen Gedanken könnten zu den Ohren wieder hinaus purzeln. Dann kniff ich die Augen ganz fest zusammen, um sie halten zu können. Strengte mich an, mich an sie zu erinnern und in einem Memory Effekt mit den unschönen Gedanken auszutauschen.

GEDANKENWOHNGEMEINSCHAFT.

Sie sind schon ein tolles Trio – das Selbstmitleid, der Pessimismus und mein Ich. Im Ungleichgewicht bestreiten sie mein Leben und bleiben dabei oft an der Frage hängen: „Warum ist das Leben so unausge-glichen?"

Der Pessimismus hat sich niederträchtig böse, wie er nun mal ist, in mein Leben geschlichen, ist dazu gezogen in meine „Gedankenwelt-Wohngemeinschaft", um nicht mehr auszuziehen. Gut, in seiner Vielfältigkeit strippt er nun in seinen Facetten in meinen Lebensmo-menten, kleidet alles in ein düsteres Schwarz. Umhüllt das Gute und macht das Glas des Lebens halbleer, die andere Hälfte füllt er mit Gift für das natürliche Bewusstsein.

Dazu gesellt hat sich das Selbstmitleid, wir sind alte Freunde, die schon lange, auch schon in der Kindheit, Bett und Leben teilten. Es bot mir seinen Raum an, um mich drin zu verstecken und im „nicht gut gehen" zu suhlen. Da konnte ich mich sicher dem Glauben hingeben, das Leben ist schlecht und bekam immer Recht. Hatte in ihm einen Zuhörer, wenn ich mich am Leben erbrach und alles was ich erlebte, als nicht aushaltbar, einstufte.

Ja, und dann wäre ja noch „mein Ich", welches sich lange sträubte seinen Platz in meiner „Gedankenwelt – Wohngemeinschaft" zu finden. Das Zimmer des Seins nach seinen Wünschen einzukleiden. Oftmals lag es gedanklich im Clinch mit dem Pessimismus und dem Selbstmitleid, weil beide andere Mietparteien mehr Raum einnehmen wollten, als vorhanden war. In dieser Konstellation des ungleichen Trios, vom Leben zusammen geführt, war es das schwächste „Vorhandensein" in der Gedankenwelt.

Wobei sich die Stimmen in mir vermehrten, die Pessimismus und das Selbstmitleid für Geschwister hielten. Aus einer (Un)Wirklichkeit geboren, hervor gekommen, denn sie sind in ihrer Art so gleich. Beide hindern das Sein zu wachsen, bringen Gedanken hervor: In denen sich verfangen, die eigenen Träume und Wünsche auflösen. Gefressen werden vom Gestern, und fortrollen im Gegenwartszustand, hinab bis sie an die Kanten des Möglichem stossen – und manchmal drüber hinaus entschwinden und fort sind. „Mein Ich" hat sich leise in die Ecke gekauert und schaut dabei zu aphatisch und ängstlich, wie Pessimismus und Selbstmitleid mich zutraulich flüsternd, umscharren. Wie ich mich bei ihnen Zuhause fühle und ausruhe Zuflucht suche vor dem Fortschritt, der mir Angst macht und mich überfordert, der mich behindert in dem Gefühl: „Mein Leben war schlecht, soviele Momente, die mich zerstört haben und das Leben hat kein Recht mich zu zwingen aus dem Morast der Enttäuschungen zu steigen"

Manchmal versucht „Mein Ich" mit stockender Stimme mich in meiner Gedankenwelt zu erreichen, mit einer Botschaft der Genugtung:

Du hast dich in den letzten Jahren schon so gelöst von den steinigen Pfaden der Kindheit, bist aufgestanden, hast gewankt, geträumt, geweint, bist dem Rückschritt verfallen, um dann Fortschritt zu finden und bist den

Träumen ein Stück näher gekommen. Hast das Leben am Schlawittel gepackt, geschüttelt bis ein paar Momente heraus fallen, die dich glücklich machen. Hast sie aufgesaugt, oftmals erschlagen, mit deinen zu hohen Erwartungen – nicht zuletzt an dich selbst – aber du hast es getan. Bis der Zerwürfnis in dir entflohen, hast dich fast berauschend Lebens entfremdend umgebracht, aber dein Lebenswille war stark genug, die Kraft in dir – alles in einen Rucksack der alten Erinnerungen zu schmeissen, aufzustehen und fortzuwandern im Lebenssein. Bis die Spuren deine eigenen waren, und du dich in ihren Formen wiederfinden konntest, somit sie ein Teil von dir worden.

Lange Jahre hatten die Drei noch einen Untermieter, der sich mir nie vorgestellt, einfach daher kam. Die Angst wohnte mal beim Pessimismus, mal beim Selbstmitleid und fand sich auch bei „meinem Ich" wieder. Schmarotzernd in meinen Gedanken, verkniff es sich oft nicht, zu allem eine Meinung und einen Gefühlsausbruch zu haben. Nahm immer mehr Raum ein und brachte alles durcheinander. Verwüstete meine Gedankenwelt, machte mich in seiner Vorherrschaft fast krank. Kroch in einsamen, stillen Momenten zu mir und setzte sich auf mein Gleichgewicht. Baumelte mit seinen Füßen und stieß meine Normalität wund. Bis nichts mehr normal war und „mein Ich" sich vom Leben krank schreiben ließ. Sich verkroch und nicht mehr hervor kam.

Besorgte Nachbarn, der Mut und die Lebenskraft, kamen zum Krankenbesuch, doch sie fanden „mein Ich" zitternd unter der Decke, der Angst wieder, umgarnt von den weiteren Mitbewohnern, die sich schallend lachend freundschaftlich gaben. So brachten der Mut und die Lebenskraft Bilder vergangener schöner Momente mit, die im Lebenskreislauf, doch teilweise zerstört und von einem Grau überzogen waren. Aus dem Fenster der vorran schreitenden Zeit geworfen, nur mühsam wieder eingesammelt und besorgsam glatt gestrichen. Hingen sie nur an der Lebenspinnwand, unsortiert und mit einem Nagel des Seins geheftet.

„Mein ich" war immer versucht, diesem Ungleich- gewicht, zu entfliehen und für das eigene Sein neu zu inserieren. Vom Mut und der Kraft beflügelt, inserierte es in der Lebenszeit: „Ich sucht neue Mitbewohner im Sein, die mich nehmen wie ich bin, erkennen, und Fortbestand für mein eigenes Zuhause bieten." Doch zu dieser Zeit hatten der Pessimismus und das Selbstmitleid Besuch von den Vettern und Nichten Zweifel, die „mein Ich" gefangen nahmen und über die Wahrheiten wischten, bis sie nicht mehr als solche zu erkennen waren.

So zieht in starken Momenten „mein Ich" immer mal aus der Gedankenwelt-WG, um sich eine andere zu suchen und kehrt doch wieder zurück, weil die alten Begebenheiten Schutzraum bieten und alles andere – ein Neufinden vorraus setzt – und Ängste herauf beschwört.

"Die Erinnerung, die wie ein Segelschiff durch die Gezeiten zieht und irgend- wann am Ende des Horizonts entschwindet. "

ERINNERUNGSSTUECKCHEN.

Ich sitze in Gedanken voller Erinnerungsstückchen. Manche tragen noch das frühere Lachen, andere die stille Übereinkunft zwischen uns mit. Ermahne mich, nicht zu oft daran zu denken, ich möchte sie nicht abnutzen in ihrer Wichtigkeit. Nicht das sie fortlaufen, so wie du, weil es ihnen zu viel wird. Mit uns. Nein, ich möchte sie auch noch morgen haben. Und übermorgen. Ach, mein ganzes Leben! Weil sie an schöne Zeiten erinnern, die waren. Die sind, irgendwo, noch ein kleines Stück. Diese Erinnerungsstückchen. Irgendwo angesiedelt zwischen Schwermut und Hoffnung. Hoffnung, dass es wieder kommt. Schwermut, die sich längst nach neuen Ufern breitet. Du bleibst irgendwie, irgendwie auch nicht. Doch ich kann an dich denken, wenn ich möchte, oder auch nicht. Dann habe ich mein eigenes Gedankenpuzzle, in dem immer ein Teil fehlen wird, aber das doch farbenfroh genug ist, weiterzumachen. Ein Erinnerungslächeln weht nun doch, immer mal, zu dir hinüber. *Wo immer du auch bist...*

NECH TOHO! - VZPOMíNKY.
(LASS DAS! - ERINNERUNGEN.)

Kennt ihr das: "Wenn eine Erinnerung plötzlich glasklar wieder im Gemüt sitzt und dieses Gefühl etwas nie zu Ende gebracht zu haben?" Eigentlich ist es so selten in Gedanken, dass es für den Alltag nicht relevant ist, aber in diesen Momenten klaut es einem die Luft zum atmen, findet die Tränen in den Augenwinkeln. Eine Sehnsucht, die sich für eine Weile nicht aufhalten lässt, wie ein schöner Schauer vergangener Zeiten, der nun als Regen über den *Jetzt Moment* herfällt.

"Nech toho!" klingt es in meinen Gedanken nach, wenn ich an sie denke. Es waren die Worte von Katka, die sie zu ihrem Pferd sagte, um es zu beruhigen. Sie war meine Sommerfreundin aus Brna in Tschechien. Fast jeden Sommer, seit ich 11, war verbrachten wir in dem kleinen Dorf in der Nähe von Usti nad Labem. Im ersten Sommer kamen wir gerade aus der Stadt, als wir ein Mädchen mit einem Pferd den Berg hoch gehen sahen. Mein Vater meinte: "Spreche sie mal an und frage, ob ihr reiten dürft." Natürlich dachte ich: "Super, ich der

Junge, der in seiner Sprache schon kein Wort gegenüber Mädchen rauskriegt. Soll nun jemanden ansprechen, der nicht mal meine Sprache spricht." Meine Füße machten es meinen Gedanken gleich und bewegten sich keinen Zentimeter. Mein Vater grummelte und machte sich dann selbst daran die Pferdebesitzerin anzusprechen. Mit Händen, Füßen und einem Geldschein Gefuchtel wurden sich die beide einig. Morgen würden wir reiten gehen.

Am nächsten Tag gingen wir zu dem kleinen Haus, indem die Familie Šperlová wohnte. Windschief, mit Ziegelsteinen vor dem Haus, einem großem Hasenkäfig im Baum bepflanzten Garten. Ein kleiner Stall, in dem das Pferd sein Zuhause hatte. In all den Jahren, in denen wir da waren, hat dieses Haus nie seine äusserliche Unfertigkeit verloren. Am Anfang waren wir nur deutsche Touristen, die gegen gutes Geld reiten wollten. Doch irgendwann saßen wir plötzlich im gemütlichen Wohnzimmer der Familie. In der Küche roch es dann immer nach leckerem Essen. Denn kurz nachdem mein Bruder und ich angekommen waren, bereitete Katka´s und Lucie`s Mutter uns immer etwas zu Essen zu. Diese Gastfreundschaft werde ich nie vergessen. Katkas

Schwester hieß Lucie und war ganz anders als sie. Ein echter Wirbelwind, wie ein Mädchen gekleidet und zwischen ihren Augen hüpfte der Schalk. Katka trug meistens Holzfällerhemden, kurzes Haar und hatte die robuste Art eines Jungens. Ich mochte sie trotzdem.

Wir spielten meistens ein tschechisches Pferderennspiel oder saßen einfach beisammen, lächelten uns an und waren froh gemeinsam hier zu sein. Das Deutsch der beiden Schwestern war nicht sehr gut, aber es bedurfte weniger Worte, um uns zu verstehen. Wieviel ein Lächeln, eine liebevolle Geste oder ein lautes Lachen, doch transportieren können.

Doch die schönsten Momente waren die Waldspaziergänge zu Fuß und zu Pferd. Wenn wir die Böschung hinauf stiegen oder am Wegesrand saßen, um genussvoll in unreife grüne Äpfel zu beißen. Direkt vom Baum gepflückt. Immer mit einem Lächeln und einen besonderen Blick für den Anderen.

Nie vergessen werde ich das Gefühl, wenn ich mit klopfendem Herzen am Zaun stand und wartete bis ich den Mut für den nächsten Schritt aufbrachte. Es gab keine Klingel. All die Jahre musste ich direkt ins Haus, um auf mich aufmerksam zu machen. Diese erste Scheu vor dem Moment des erneuten Aufeinandertreffens verlor ich nie. Dann ging die Tür zur Küche auf und Lucie stand mit wilden Hüpfbewegungen vor mir und schon rief sie aufgeregt nach Katka. Wir waren zu einem Teil voneinander geworden, zumindest in der Sommerzeit.

Einmal hatten sie meinen Bruder und mich ganz aufgeregt für den nächsten Tag zu sich bestellt. Beide hatten schicke Kleider an und wollten uns an diesem Tag ausführen. "Oh nein, uns reichen Deutschen", dachte ich einen kurzen Moment, dann aber schnell: "Oh, wie süss". Das leichte Make up fügte sich an die, von der Aufregung erröteten, Wangen. Wir gingen in den kleinen Dorfgasthof schräg gegenüber. Ein altes Backsteingebäude, von dem das Leben herunter bröckelte. Der Besitzer und die kulinarischen Möglichkeiten hatten sich in all den Jahren immer wieder verändert. Aufgeregt betraten wir zu viert die fast volle Gaststube. Es war, als würde das Getuschel bei unserem Eintritt komplett verstummen. Viele Gesichter grinsten uns freundlich an. Wir nahmen den letzten freien Tisch an der Tür ein. Da stand uns auch schon die Kellnerin gegenüber, die nach unseren Wünschen fragte. Sie hatte dieses "Ach wie süß" Schmunzeln auf den Lippen. Was wir gegessen oder getrunken haben weiß ich heute nicht mehr, es war zu unbedeutend für diesen Moment. Eine echte Verabredung mit zwei tollen Mädchen, einen Augenblick den wir nie wiederholt haben.

Einge Male waren sie auch bei uns in Deutschland gewesen. Schöne Momente, in denen immer das Gefühl mitschwang: "Wir sind die reichen Deutschen." Blödsinn eigentlich, weil sie uns nie das Gefühl dafür gaben. Bei ihrem vorletzten Besuch war ich schon im Heim gewesen. Schon im zweiten Jahr. Doch ich durfte vom Heim aus meine Familie besuchen. Leider war die Zeit gerade von vielen Umbrüchen und schlechten Momenten bestimmt, so dass ich nicht ich selbst war. Deshalb benahm ich mich, wie das letzte Arschloch. Schottete mich ab, ging auf die freudige Erwartung des Wiedersehens der Beiden nicht ein. Warum wusste ich selbst nicht genau und ich konnte es mir Jahre später noch nicht erklären. Beim Besuch im Tierpark und auch unterwegs setzte ich mich immer weg. Ich werde den Blick von Katka nie vergessen, diese traurigen Augen, als ich ein paar Meter weg saß und rauchte. In diesem Moment verloren wir uns. Wir waren keine Kinder mehr, die einfach grüne Äpfel essen und sich dabei in ein gemeinsames Lächeln setzen.

Es war die Sprachlosigkeit zwischen uns in der kommenden Zeit. Die Kindersprache half uns nicht mehr. Nun bedurfte es Worte in einer Sprache, die jeweils der andere nicht beherrschte. Nach dem verhängnisvollen Treffen war ich noch einmal dort. Katka hatte sich verändert. Sie trug die Haare lang, war geschminkt und ein Holzfällerhemd konnte ich auch nicht mehr entdecken. Wir waren älter geworden, ohne unsere Freundschaft mitwachsen zu lassen. Lucie wollte mit uns nach Freiberg. Katka weinte, weil sie etwas anderes machen wollte. Dieser Moment verletzte mich innerlich und ich hätte ihr sogern mein Verhalten erklärt. Doch wie erklärt man mit Händen und Füßen, dass man im Heim war? Es wären verlorene Worte geworden.

Bei mir war es schon immer so, dass Gefühle die Situation zu Menschen verschlimmert. Weil sie in mir wirren und statt für diese Gefühle etwas zu tun ziehe ich mich zurück. Eine Dämlichkeit im Deckmantel der Schüchternheit, die ich bis heute behalten habe. Ich glaube, Katka war meine erste große Liebe. All die Jahre fragte ich mich, was wäre gewesen wenn ich sie geküsst hätte? Diese, was wäre wenn Sätze, sind echte Seelenbeschwerer. Ja, ich glaube ich habe sie geliebt, auf meine unbedurfte Art nichts von dem Umgang mit Gefühlen zu wissen. Sie war und ist bis heute einer der wichtigen Menschen in meinem Leben, in der Erinnerung und ich vermisse sie. Verdrängen, verdrängen, doch manchmal sitzt sie einfach wieder da. Lächelt mir ins Gesicht und wir wandern mit dem Pferd über das Feld. Mit einem verträumten Lächeln, verschmitzt und mit Gefühl füreinander. Dann drängt der Alltag wieder die Wirklichkeit in den Sinn.

2009. Mein Vater, meine jüngste Schwester und ich fahren nach Brna. Viele Jahre sind zwischen den Sommern und diesem kalten Herbsttag vergangen. Wir stehen in Usti nad Labem und meine Augen suchen nach Anhaltspunkten von früher. Einiges hat sich verändert: Geschäfte sind gewandert, geschlossen oder haben Ihre Bestimmung getauscht. Ich rieche immer noch diesen typischen Geruch der Stadt. Schwer zu beschreiben, es riecht so ein wenig wie Klo. Dies hatte mich am Anfang noch ein wenig gewundert, aber nach all den Jahren war dieser unbestimmte Geruch heimig geworden.

In den Bus steigen und einmal bitte in Richtung Erinnerung. Wir erkennen gemeinsam Dinge wieder, das Damals hüllt uns ein und doch ist alles auch ein Stück Neuheit. Aussteigen. Laufen am Thermalbad vorbei, geschlossen, um diese Jahreszeit. Die Bahnlinie, die immer genau an unserer Unterkunft vorbei fuhr, irgendwann hörten wir die Züge nicht mehr nachts durch die Stille pfeifen. Der Fluss in dem ich fast ertrunken wäre. Einmal waren wir mit dem Enkel unserer Gastfamilie angeln, ich rutschte von einem Steg ins Wasser, ins tiefe Wasser und konnte nicht schwimmen. Irgendwie schafften wir es gemeinsam, uns wieder ans Ufer zu retten. Das alte Hotel Herz, welches früher dickbusige Kellnerinnen beherbergte und Tischdecken als Handtücher verteilte. Inzwischen hatte es seinen Standard wohl angehoben. Ein neuer Zaun ringsherum, frisch gestrichen und die "Kaschemmen Idylle" von früher war Geschichte.

Dann standen wir vorm Haus von Lucie und Katka. Ich, mit klopfendem Herzen, vor dem Zaun von früher. Keine Klingel und niemand zu sehen. Der Stall mit dem Pferd war leer und die Ziegel vorm Haus waren verschwunden. Mein Vater drängte zum Aufbruch. Ich lief ein paar Schritte vom Haus weg, doch dann plötzlich ein Impuls die paar Schritte noch einmal zurück zu gehen. Da stand plötzlich Katka´s Mutter vor mir. Mit dem zutraulichen Lächeln von früher. "Zu Katka, dann geh rein. Ich muss auf Arbeit", sagte sie im gebrochenen Deutsch. Also gingen wir ins Haus zu dritt. Mein Herz klopfte wie verrrückt, als wolle es alle Momente die ich auf diesen Augenblick gewartet hatte aus meinem Blut spülen. Die Mutter rief nach ihrer Tochter und verabschiedete sich dann in Richtung Bus. Wir standen im schmalen Hausflur und warteten. Keine Lucie, die ganz aufgeregt durch Haus rief.

In der oberen Etage hörte ich Katka tuscheln, dann lachen und plötzlich stand sie vor mir. "Wie hübsch sie doch ist", schoss mir durch die Gedanken. Klein, zierlich und dieses Lächeln, die Haare umspülten ihr Gesicht. Es war wie ein Traum, den ihre Stimme unterbrach. Höflich, sachlich, die Floskelfragen, die man einem solchen Moment stellt. Mein Vater antwortete und ich stand da, einfach nur debil lächelnd. Ich würde ihr gern noch soviel sagen und erklären, aber ich habe die Befürchtung ich würde nicht die richtigen Worte finden. Die Sprachbarrrikade, die in unser Jugendzeit zwischen uns entstand und kein Lächeln, kein Lachen oder Geste könnte noch den Effekt aus der Kindheit bringen. Sie wollte uns noch zum Tee einladen, doch mein Vater verneinte für mich mit.

So war dieser Moment so schnell vorbei, wie er gekommen war. Noch war ich berauscht von dem Gefühl sie wiedergesehen zu haben. Doch auf dem Rückweg kam die Gewissheit, den Moment verbockt zu haben. Zweigestotterte Sätze vs. den inneren Vorstellungen des Momentes in meinen früheren Gedanken. Soviel ungesagte Worte und wieder mal hasste ich meine Schüchternheit, meine Dummheit vor dem Feind: der Sprachlosigkeit. Ich hätte ihr zumindest sagen können, wie wichtig sie mir ist. Sollte es nicht sein? Keine Ahnung. Daheim schrieb ich eine Karte, zweisprachig, versuchte die Wortgewandtheit, in die ich meine Gedanken einzutauchen vermag, anzuwenden. Holprig, aber ich schickte sie trotzdem ab. Keine Antwort bis heute. (Oder doch die einzig richtige Antwort?)

Ihre Schwester fand ich auf Facebook. Wir wurden Freunde. Wie absurd dieses Internet manchmal ist. Da saßen wir früher im Spiel und der Kindheit wahrhaftig zusammen. Jetzt waren wir nun ein Klick jeweils und ein Name auf einer Liste, die Freundschaft nur von Benennung her kennt. Eine kurze Nachricht und nichts mehr.

Immer noch währte in mir dieses Gefühl: "Du musst mit Katka reden", Erklärungen abgeben, um endgültig abschliessen zu können. Eine andere Stimme in mir sagt: "Es ist schon lange vorbei, was immer da war." Die Wahrheit ist wohl, dass wir nur alte Freunde sind und nichts mehr wie früher werden würde. Aber der Trotz wirbelt in mir und sie fehlt mir. Die Zeit fehlt mir. Die schönsten Momente meiner Kindheit fehlen mir. Nech toho! Ich weiß, aber was soll ich tun? Solange die Dinge nicht geklärt sind, innerlich wird es immer wieder solche Momente geben, in denen es so wichtig wird, dass es den Atem der Momentzeit raubt. Keine Antwort, was ich tun soll, aber ich habe Hoffnung, dass es das Leben irgendwann klären wird.

"Nech toho!" - *irgendwann haben wir auch unsere Freundschaft gelassen. Die Zeit hatte die Gemeinsamkeit geraubt. Wir waren nichts mehr, als eine einsame Erinnerung.*

BEERDIGEN MACHT ALLES SO ENDGüLTIG.

Im Verlust erkennen wir erst die wirklichen Blüten, des eigenen Lebens, die in uns verdorrten, weil wir dem Alltag zuviel Beachtung schenkten.

Alles geht so schnell, am Freitag danach ist schon die Beerdigung. Beerdigen einen Menschen los lassen müssen. Wir sind zu viert und beladen mit einem großen Kranz, den vielen Erinnerungen an sie und der Last der Verwandten, die sich solange nicht um sie gekümmert haben.

Ein Holzsarg mit einem großen Blumengesteck steht mitten in der Kirche. Mein herum irrender Blick entdeckt altbekannte Gesichter. Die Kirche ist voller Menschen, leisem Schluchzen und den Tränen des Verlustes.

Meine Oma soll da drinnen liegen? Nein, schreit es in

mir und doch ist die traurige Gewissheit in mir. Meine Tante ist aufgelöst im Tränenstrom, während sie mit meiner Mutter an den Sarg tritt, um noch mal gemeinsam leise Abschied zu nehmen. Meine Mutter weint. *Ich freue mich darüber, dass beide Schwestern am Sarg Ihrer Mutter sich wieder gedanklich vereinen. Dieser Moment sie nicht trennt, wie die vielen Anderen, der letzten Jahre. Auch wenn der Anlass kein schöner ist, findet hier zusammen, was zusammen gehört.*

Dann Gottesdienst: Die Pfarrerin, der Chor und eine Trauerrede. Glocken läuten. *Es rauscht alles an mir vorbei, meine Gedanken sind gemischt mit den Worten der Pfarrerin in der Vergangenheit. Alte Bilder von Oma tauchen in mir auf, es sind lächelnde Wogen, in diesem trauernden Moment. Ich weine, als müsste jede Träne einzeln von meiner Oma Abschied nehmen.*

Nun öffnet sich die Tür. Herein kommen schwarz gekleidete Männer, die Sargträger, diese schleppen, das was als Hülle meiner Oma auf Erden noch übrigblieb. Vor den Trauergästen. Nach Draußen. *Ich möchte sie aufhalten, dass geht mir zu schnell. Welch innere Qual sich vorzustellen, wie sie gleich in ein Erdloch hinab gleitet.*

Doch diesen Weg müssen Oma und ich wohl gemeinsam gehen. Sie auf ihre und ich auf meine Weise. Ich bin in diesem Moment froh hier zu sein - bei ihr.

Unser Kranz ist noch unten im Auto und so haste ich den steilen, schmalen Weg vom Friedhof hinunter zum Parkplatz, während die Trauergemeinde schon still Abschied nimmt. Mit dem Kranz auf den Armen laufe ich zurück nach oben und stehe nun am Ende der Trauerschlange. *Ich überlege kurz mich durchzudrängeln, um näher bei Oma zu sein, aber beschließe dann doch zu warten.* Von den abschließenden Worten der Pfarrerin weht nicht viel zu mir hinüber.

Der Regen hat eingesetzt, mischt sich unter die Trauernden. *Regen durch wäscht die Erde, in die sie bald ihre letzte Ruhestätte finden wird. In einem Holzsarg, der sich in modriger Umgebung, seiner Bestimmung ergibt. In mir sind so viele Gedanken, eigene Lebensziele und Momente, die belastend auf mir liegen, aber in diesem Augenblick an Bedeutung verlieren. Was ist noch wirklich wichtig im Angesicht des Todes?*

Mit jedem Schritt den ich vorwärts gehe nehmen weitere Menschen von ihr Abschied. Dorfbewohner, Freunde und vor allem Familie. Ein Jeder wirft einen letzten Gedanken in das Grab und eine Handvoll Blumenblüten. Die nun im Regentropfennetz auf der kühlen Erde ruhen.

Ich bin der Letzte, der in die Pflicht genommen wird: „Lebewohl zu sagen". Ich trete an das offene Grab, nehme mechanisch Blütenblätter aus der Schale und werfe sie mit Schwung hinein. Sie fallen tief und hart. *Hart, wie die Trauer, die mich durchflutet und einen neuerlichen Tränenschwall auslöst. „Machs gut Omi, ich liebe dich und werde dich vermissen. Ich bin froh, dass du gehen durftest und ich hoffe du hast dein Paradies gefunden, da oben oder wo auch immer", denke ich.*

Dann stelle ich mich zu den Trauernden und versuche diese Leere in mir abzuschütteln. Verwandte reden mit meiner Mutter, erkennen mich wieder und das Leben geht weiter.

Das Leben geht weiter, es ist so komisch, irgendwie müsste sich doch alles verändern. Wie kann der Regen noch genauso nass sein, wie kann der kleine Jonas unbefangen zwischen den Trauernden herum hüpfen, wie können Worte des Trostes noch den Mund verlassen und warum sterben wir? Verwirrte Gedanken, der Schmerz in mir möchte die Lebensfortführung stoppen, die Uhren anhalten und verdammt noch mal wissen, wieso „Gehen lassen" so schwierig ist. Den Alltag juckt das alles nicht, der geht einfach weiter und blickt sich in neuen Momenten, in neuen Problemen nicht mehr nach dem Schmerz des Verlustes um. Es muss ja weitergehen, sonst könnten wir uns gleich daneben legen.

Dann ist gemeinsames Kaffeetrinken im Gemeindepfarrhaus. Nach und nach verschwinden alle in das kleine Häuschen, nur einige beschließen noch vorher eine zu rauchen. Ich bin unter ihnen und ziehe mit kräftigen Zügen an meiner Zigarette. Als möchte ich die Angst, den inneren Schmerz in Rauch betäuben. Die Brüder meiner Oma kommen auf mich zu und der eine sagt zum anderen: „Ist das nicht der Große von der Ilona". Ich bejahe das und schüttele Hände, die an traurigen Gesichtern wandeln. Krampfhaft versuche ich Erinnerungen mit ihnen zu finden. Doch ich weiß nur noch, dass der eine gereimte Einfachheiten zum 70. Geburtstag meiner Oma beigesteuert hat. Alle lachten, ich dachte damals: „Das könnt ich besser."

Ja, der Siebzigste war der letzte nennenswerte Gemeinsammoment unserer beiden Familienhälften gewesen. Es war das Jahr 1999, welches kein einfaches Jahr für mich geworden war. Ich war gerade aus meiner Drogenzufluchtsstätte wieder nach Hause geflohen. Doch wo ist ein Zuhause, wenn jahrelang Heime für ein „Daheim" sorgten? Mir ging es damals schlecht, aus meiner Wohnung würde ich bald fliegen und durch einen Anruf meiner damaligen Vermieterin kam alles in die Feierlichkeiten rübergeschwappt. Die Oh und Ah´s waren groß und ich fühlte mich klein. Meine Tante fühlte sich gezwungen sich einzumischen und der Rest tuschelte. Zum ersten Mal fühlte ich auch dieses „Ich schäme mich denen gegenüber", wie mein Vater. Mit diesen Gedanken ging ich von da fort und kam nie wieder. Gedanklich schon, aber hingefahren bin ich aus Eitelkeit oder Verbitterung nicht mehr.

Da ist es nur ein schwacher Trost, im Jahr 2008 den Besuch meiner Schwester mit Ihrem Kind bei Oma in die Wege gebracht zu haben, aber immerhin konnte sie so Ihre Enkelin noch sehen. Ja, und nun soll mit einem Händedruck alles wieder da sein – Vertraut sein?

So gehen auch Oma´s Brüder nun ins Pfarrhaus, während ich noch ein wenig innerliches Unbehagen ausbreite über diesen nahen familiären Kontakt, der mir nun bevorsteht.

Einige haben sich schon ihren Platz an der reichlich und festlich gedeckten Tafel gesucht, andere stehen noch etwas ratlos im Raum. Ich gehöre zur zweiten Fraktion. Doch es gibt meiner Tante, den Anlass in resolutem Ton zu sagen: „Nun setzt Euch doch hin, nehmt Platz." Ich überblicke die Kaffeegesellschaft und fühle mich unbehaglich. *Eigentlich habe ich keinen Hunger und fühle mich fehl am Platz. Doch würde es komisch aussehen jetzt wieder raus zu gehen, denke ich, während meine Füße und mein Bewusstsein den Drang haben weg zu laufen.*

Die Teller wandern über den Tisch, zum reichlich vorhandenen Kuchen, Kaffee wird ausgeschenkt und meine Tante fährt zwischen das Teller und Tassen Geklimpere: „Ich freue mich, das ihr da seid, greift zu, es ist genügend da." Dann eilt sie schon wieder durch den Raum, um irgendeinen Gast seinen Leichenschmaus zu versüßen. *Nennen wir Menschen das wirklich Leichen-*

schmaus, oder ist es nur ein Wort, das in meinem Kopf herum geistert? Ich finde es irgendwie makaber, sich nach dem Friedhofsschauerspiel nun die Bäuche voll zu hauen, aber das denke wohl nur ich, während ich in kauende Gesichter sehe.

Ich gieße mir meinen zweiten Kaffee ein, meine Hände zittern, ob das am Koffein oder an dem Umstand liegt kann ich nicht sagen. Soeben hat meine Mutter zum dritten Mal gesagt: „Warum isst du nichts, du musst was essen!". Sie ist aber nicht allein, auch meine Cousine und meine Tante sind äußerst besorgt um mich. Wie rührend denke ich, während ich mir ein Stück Kuchen runterwürge. Nein, wie nervig, denke ich als ich mir das nächste Stück runterwürge. Gut, vielleicht ist es besser bei der nun dritten Tasse Kaffee ein Ausgleich im Magen zu haben.

Meine Tante preist auch den Kirschkuchen an: „Für den hat Oma früher immer die Kirschen entkernt und sie mochte ihn doch so." Also komm ich nicht umhin, auch davon zu probieren. Wie gern würde ich jetzt zu meiner Oma auf die Wolke hüpfen mit zwei Stücken Kirschkuchen bepackt und der um Geselligkeit bemühten Ge-

sellschaft, mit den im Teig vergessenen Kirschkernen, auf den Kopf spucken. Meine Oma würde sicher mitmachen, denke ich, die hatte immer einen kleinen Schalk im Nacken.

Überall laufen kleine Unterredungen über damals, was als nächstes ausprobiert wird und über andere belanglos dahin schwabbelnde Themen. Ich sag zu meiner Schwester: „Ich gehe noch mal zu Oma." *Irgendwie hatte ich das Gefühl mich zumindest symbolisch bei einem zu entschuldigen, das ich jetzt ging.* So trugen mich meine Füße hinaus zum Friedhof, um allein mit meiner Oma zu sein.

Doch der Moment schien mir einen Strich durch die Rechnung machen zu wollen, denn zwei junge Männer waren dabei, das Erdloch wieder mit der Erde voll zu buddeln. Ausgelassen, mit einem Lächeln auf den Lippen, ließ sie ihre Aufgabe scheinbar kalt. Was sollten sie auch anderes empfinden, es war ihr Job und sie hatten keinerlei Berührungspunkte mit meiner Oma. So stand ich an den Blumen und Kränzen, die wenig später das Grab schmücken sollten. Ich suchte in der Vielfalt von Blüten und Farbe, nach dem Grau, das sich in mir ausbreitete. *Oma, hörst du mich? Es tut mir leid, dass ich in den letzten Jahren so mit mir beschäftigt war und dich aus meinem Alltag verbannt habe. Nun fühle ich mich wie ein Enkel, der erst mit deinem Tode begreift, wie wichtig du ihm warst. Ich gebe viel, für einen Moment mit dir, und noch mehr dafür, dass ich die Jahre zurückholen könnte. Du fehlst mir, es war leichter zu wissen, wo du bist, als jetzt nur noch in Erinnerungen verweilen zu können.*

Die beiden jungen Männer scherzen immer noch im Hintergrund und machen es einem schwer sich in Friedhofstrauer Atmosphäre dran zu gewöhnen. Ich beschließe zurück zu gehen und mich wieder dem geschäftigen „Es muss ja weitergehen" – Gesellschaftchen anzuschließen. Ich schämte mich die ganze Zeit, die dieses Kaffeetrinken mit sich brachte, dafür, dass wir uns so wenig um Oma gekümmert haben.

Mein Bewusstsein konnte diese innere Stimme in mir nicht beruhigen, die über alle dahin flüsterte: „Wir finden es dreist, das ihr nun trauert, aber als sie noch am Leben war, sich das in Eurem Handeln nicht widerspiegelte". Ich denke, dass einiges in den Gedanken lag und keiner es wirklich aussprach. Allein die Tatsache, dass ich keinen Bezug mehr zu Robert fand, mit dem ich doch früher Wallroda unsicher gemacht hatte. Jetzt war er nur eine ältere, größere Ausgabe meines Cousins, der mich nur komisch anschaute. Ich hätte Ihn gern gefragt: „Wie geht es dir?", ihm zu seiner Hochzeit gratuliert und zu seinem Sohn, aber das machte ich nur im Stillen für mich. Denn außer meiner Schwester Anne und mein Mutter fand an diesem Nachmittag niemand Worte von uns für die Verwandten.

Dann gingen immer mehr von den Trauergästen und wir konnten näher zusammenrutschen, das übertrug sich nur auf die Sitzordnung, weniger auf das gemeinschaftliche Gefühl. Meine Tante und einige Helfer begannen, die Tafel aufzuräumen und für die abrückenden Gäste Kuchenmitbringsel für Zuhause einzupacken.

„Die Stille der Nacht fängt auf, was die Hektik des Tages in Gedanken liegen gelassen hat. "

Mondscheinsonate

Mit zitternder Hand hielt er ihr Kinn und sprach des Liebespfand. Nun flüstert sie in den Nächten ohne ihn, die Worte, die sein Herz entsandt.

Die Worte umschließen ihr Herz, das seither wartet, halten es warm und stetig berührt, es ist er der fehlt, nur ein Hauch, den sie noch spürt.

Den Hauch, den seine Lippen auf ihre Haut gelassen, fühlt sie mit Tränen, in den Augen, im Mondeslicht verblassen.

"Oh, lieber Mond was leuchtest du gar hell?", magst du meinen Kummer, mit mir tragen, hörst mein Innerstes, mein Herz, vor Liebe schlagen.

So bettet sie ihr Haupt, im unruhigen Schlafe, und träumt und liebt und eilet mit der Nacht, in Gedanken allein, die Wiederkehr - vollbracht!

Das Ende: In jeder Mondes klarer Nacht, im Sternenkleid, hat die Liebe sie einander näher gesandt, auch wenn ein jeder alleine bleibt.

DIE NACHT UND ICH - EINE LIEBESERKLäRUNG.

Seit ich denken kann bin ich ein Nachtmensch. Leider ließ sich das mit der Schule und der Ausübung der Entwicklungsstufe Kind nicht immer vereinbaren.

Doch mit den zunehmenden Jahren der Unabhängigkeit von Rechten und Pflichten der Eltern lebte ich meine Leidenschaft für die Nacht aus. Erst still und heimlich. Dann öffentlich, da sich die Begleiterscheinungen gelegentliches Gähnen, abstrakt sitzende dunkle Augenringe und Anfälle von Sekundenschlaf am Morgen nicht mehr vertuschen ließen. So zeigte ich es offen: "Ja, ihr Leute, ich bin ein Nachtmensch. Wenn ihr eure Augen schließt, euren, vom Tagwerk geschafften, Körper zwischen den Kissen wälzt und euch die Träume ins Unterbewusstsein manövrieren, dann bin ich munter!"

Die Nacht war für mich schon immer ein besonderer Ort der Stille. Zwischen den Sternen, einem ab und zunehmenden Mond und dem Schweigen der Allgemeinheit entfaltete ich kreative und alltagstaugliche Kräfte.

Auch diese Fragen: "Aber brauchst Du denn keinen Schlaf?", "Haben deine Eltern dir früher nicht vor dem Schlafen gehen vorgelesen?", "Denkst du nicht, Gott hätte gewollt, dass die Nacht zum schlafen und der Tag zum Verrichten des Alltags da ist?", haben mich nicht davon abgehalten, weiterhin der schlaflosen Seite der dunklen Atmosphäre anzugehören.

Es ist eine ganz einfache Rechnung: Nacht + Ich = größere Leistungsdichte meines Geistes und Körpers. Ich kann dafür keine Erklärung abgeben, aber es ist so. Noch dazu kommt meine Schwäche, am Tag besonders gut schlafen zu können. Und ich schlafe eigentlich auch sehr gern und ausdauernd, nur halt nicht dann, wenn es normal wäre, also nachts.

Vielleicht wollte ich deswegen auch Schriftsteller werden oder Künstler oder irgendwas, wo es egal ist, ob du tagsüber nur ein halber Funktionsträger deiner Möglichkeiten bist und in der Nacht, der springende Punkt auf einem "Yippie!" oder das *sch* in einem "Tschakaaa!", dieses Schema der Zeit, den vorgegebenen Tagesnutzungsplan, ein Schnippchen schlagen. Die Nacht ist für mich Freiheit, ein Rückzugsort. Hier kann ich mich entfalten, die Kräfte sammeln, um mich im Tagesverlauf wieder unter sie zu setzen, also den nachts zwischen den Kissenwälzern und Schnarchabsetzern.

In den beruflichen Gefilden und im Zusammenspiel der zwischenmenschlichen Interaktionen, die der Alltag mit einem rigorosen Zeitpunkteplan verfolgt, führt es dazu, dass ich manchmal nur um die 4 - 5 Stunden Schlaf bekomme, aber das ist mir meine Leidenschaft wert. Trotzdem hoffe ich irgendwann mein privates „Hobby Nacht" mit den beruflichen Interessen verbinden zu können.

Wie ich es vor 10 Jahren, damals als Praktikant eines New-Economy-Webunternehmens, schon mal konnte. Nicht vor 11 Uhr anfangen mit Arbeiten und dann erstmal 2 Stunden Brainstorming, alias verlängertes Frühstück mit gelegentlich entstehenden Sinneinheiten. Gut, dann arbeitete ich manchmal bis 23 Uhr, aber genau das ist es, was ich brauche.

Morgens bin ich muffelig, verquollen (und ich meine nicht nur die Augen) und irgendwie so verpeilt, dass an mich gerichtete Worte manchmal einfach zurück prallen. Ich kann morgens auch nichts essen und bin einfach nicht leistungsfähig. Es scheint, als wäre meine innere Uhr verbunden mit dem Drücken auf eine Snozze-Taste meines Gemütes.

Nacht, ich liebe dich und deine sanften Töne, wenn ich in dir spazieren gehe und mich frei fühle. Fast so frei, wie die Sterne, die am Morgen weggerückt werden und doch am Abend immer wieder da sind, wo sie hingehören.

GEDANKENNACHTSCHICHT.

„Die Stille der Nacht fängt auf,
was die Hektik des Tages in
Gedanken liegen gelassen hat."

Kurz vorm Traumland, an der Grenze zum Einschlafen, laufen sie los, die Gedanken, welche sich am Tag zwischen der Hektik des Alltags versteckten. Baumeln mit den Füßen zwischen dem Schlafzentrum und mir - sind mit einmal alle da. Möchte Sie verscheuchen, damit ich in das innere Behagen von Schlaf weg gleiten kann. Doch die putzmunteren Gesellen scheinen mein Denken geentert zu haben und wandern mit mir, dann doch irgendwann ins Unterbewusstsein.

KOPFSCHRANKEN.

Dann fällt Dir mit einmal auf: Du denkst über alles zweimal nach. Wo früher noch die Spontanität locker ihr Chaosbein schwang, liegt jetzt ein Nachdenken bereit. Um so älter ich werde, um so mehr habe ich das Gefühl von Kopfschranken, die mich begrenzen möchten, warnen oder einfach zurückhalten vor unüberlegten Handlungen.

"Halt! Stopp!" Der Zug, der Dummheit kommt gleich angerollt. Kopfschranke runter und drüben wartet das Nachdenken. Leider schneidet es den Weg zu den Möglichkeiten ab, die sich nun nicht mehr so einfach nutzen lassen. Weil ich auf dem Weg dahin die Zeit oder den richtigen Zeitpunkt verpasse. Ist die Schranke, die meinen Kopf begrenzt: „Die Angst? Die Vernunft? Oder das Sein als Erwachsener?"

Früher, als Kind gab es das nicht. Da schrammte ich immer locker fröhlich am Bordstein der Abenteuer entlang. Tauchte unter Begrenzungen hindurch oder schrammte mit einem blauen Auge an der Katastrophe vorbei. Es war leichter, die Grenzen im Kopf und im

Handeln zu übersehen, nicht zu beachten, weil die Erfahrungen negativ oder positiv noch nicht so reichlich gemacht wurden. Dann sprang es sich leichter auf. Auf den Zug der Dummheiten und dann den Wind der Freiheit spüren: Weil ich es kann.

Kopfschranken. Die mich abschirmen, die nerven, weil alles mit einem Nachdenken verbunden ist, die sich an der Mündung der Zweifel treffen, um mich abzuhalten. Dann wird das Leben mit einem Mal langweilig, die Zukunft ist klar vorhersehbar. So nutze ich am Ende nur noch die sicheren, vorgegebenen Pfade der Vernunft. An deren beiden Seiten mit erhobenen Zeigefinger die Erfahrungen stehen.

Die Versuchung, dann mit Absicht entgegen aller Vorsicht und dem Wissen etwas zu tun, was in den Denkweisen schon klar als "Es wird schief gehen" deklariert ist, ist groß. Dann steht hinter den Schranken im Kopf die Zwillingsdummheit. Ich rutsche aus und falle über den Moment in den See der Ängste und der Unsicherheit, weil ich es nicht mehr halten kann. Dann bin ich angeschlagen im Gefühl und schlauer, aber ein kleiner Geschmack von Abenteuerlust bleibt zurück.

Es ist die Lockerheit aus Kindertagen, die fehlt. Nicht immer alles zu durchdenken. Eine gesunde Naivität und vorallem Offenheit für die Dinge. Die Welt, die Menschen. Neugier auf das Leben. Was bringt es mir, wenn ich jeden Tag weiß, was der Morgen bringen kann? In solchen Grübelmomenten würde ich einfach alles liegen lassen wollen und losziehen. Wie ein kleiner Junge, der ich mal war. An den Kopfschranken vorbei, der Erfahrung die Zunge rausstrecken, die Angstberge bezwingen und im Wind des vorbei eilenden Zuges der Dummheit, die Freiheit meines Handelns im Sinn spüren.

SIE HATTE TRÄUME.

Träume von einer Karriere, vielleicht sogar im Ausland. Sie war eine der Besten ihrer Klasse besonders in ihrem Lieblingsfach in Mathe. Gerade einmal 15 Jahre alt, da blieb noch viel Zeit im Leben. Für die große Liebe, den ersten heimlichen Kuss, eine berufliche Zukunft und die Art zu erleben, wie der Frühling den Winter ablöst.

Vieles ging ihr nun durch den Kopf, als sie vor dem Spiegel stand, um die letzten Handgriffe am Make up und den Haaren zu machen. Sie wollte nachher mit zwei Freundinnen auf den Markt, wie schon so oft. Ein Volksfest besuchen und ein wenig Spaß haben, was ja nicht selbstverständlich ist in einer Zeit, wie dieser.

In ihrem Land herrscht Krieg, zwar einige Kilometer weit weg, aber eben in ihrem Land. Immer wieder sahen und hörten sie das Motorengeräusch von Maschinen, die den Luftraum durchflogen. Um irgendwo ihre unheilbringende Fracht abzuladen. Ab und zu hörte man auch Detonationen, aber weit genug weg. Gerade weil es hier nichts gab, was für irgendeine Kriegsseite wichtig gewesen wäre hatte sie ihre Mutter aus der Stadt geholt. Hier war es sicherer.

Während ihre Mutter in der Küche hantierte war sie nun zufrieden mit ihrem Aussehen. Ihre Mutter würde später nachkommen. Doch ihre Freundin und sie wollten den schönen Tag nutzen und zu Fuß über die Brücke zum Markt laufen. Fröhlich verabschiedete sie sich von der Mutter und sagte: "Bis nachher!"

Das nächste was ihre Mutter hörte war, dass sie die Brücke bombardiert hätten. Die Brücke? Musste nicht Ihre Tochter über die Brücke, um ins Dorf zu gelangen? Nein, sie war sicher schon längst drüber gewesen. Was man in diesem Moment fühlt kann wahrscheinlich niemand nachvollziehen, noch nicht mal man selbst.

Sie eilte zur Brücke, immer vor sich hinmurmelnd: „Lass ihr nur nichts passiert sein." Dort ist die Unglücksstelle. Überall Menschen, die das Grauen in ihren Gesichtern erneut aufleben lassen. Brach liegt die Brücke, brach liegen die Nerven. Nur die eine Frage, wo ist meine Tochter. Nach und nach erfährt man im Dämmerzustand die grausigen Einzelheiten. Fast lautlos waren sie gekommen und haben die, von Zivilisten überquerte, Brücke bombardiert. Einfach so, ohne Warnung, ohne Rücksicht und ohne Herz. Selbst als die Helfende herbei eilten, um zu helfen legten sie eine zweite tödliche Schicht über sie. Dann erledigt, was sie zutun hatten, flogen sie zurück, vielleicht zu ihren Familien und zu ihren Kindern. Zurückbleibt an einem sonnigen Tag und im Zeichen eines Volksfest nur die entsetzte Menschenschar.

Einige die nach ihren Liebsten Ausschau halten, einige die sich dem makabren Schauspiel nicht entziehen können oder andere, die einfach nur helfen möchten. Doch weit und breit kein Militär, nichts was es auszulöschen gab, nur das Leben unschuldiger Zivilisten. Und in all dem Chaos stolpert sie herum und sucht ihre Tochter. Zwischen Toten und Verletzten suchen ihre Augen nach dem Vertrauten. Wo ist sie? Sie findet in ihrer Ohnmacht eine Freundin, die ihr zuruft, sie ist da drüben irgendwo.

Im Flussbett, neben den schweren, mächtigen Trümmern der Brücke, liegt sie. Sie wirkt so schmächtig, so verletzlich. Doch sie atmet noch. Hoffnung. Schnell, so helft ihr doch. Ihre Tochter spricht leise und auch sie zu ihr. Ein Sanitäterwagen bringt die beiden in ein Krankenhaus. Alle kämpfen dort um ihr junges Leben. Ärzte, die alles tun, um diesen sonnigen Tag nicht zu einer dunklen, blutigen Narbe verkommen zu lassen. Die Mutter betet und immer wieder die Frage nach dem Warum.

Ihre Tochter hatte doch so viele Träume. Sie hatte nun nur noch den Traum leben zu dürfen. Sie haben ihr alle Träume genommen.

DAS ÜBERALL.

Im Kopf - immer Du.

Im Herzen - immer Du.

In der Hoffnung - immer Du.

In der Liebe - immer Du.

Immer Du - fehlst mir.

Immer Du - bist nicht da.

Rette mich!   Immer Du - in meinen Träumen.   **Rette mich!**

Warum immer Du?

Nimm meine Hand,

nimm mein Sein,

nimm mein Herz,

es ist Dein,

die Liebe,

mein Hoffen,

mein Klagen,

mein Bangen,

mein Verlangen,

gib mir eine Chance,

schenke mir einen Morgen.

Nimm meine Hand,

nimm mein Sein,

nimm mein Herz,

es ist Dein,

die Liebe,

mein Hoffen,

mein Klagen,

mein Bangen,

mein Verlangen,

gib mir eine Chance,

schenke mir einen Morgen.

FEHLBEWERTUNGEN.

*„Im Geiste leistete sich der Dreiste
eine verwaiste Mitgereiste."*

Diese Männer, die dir unruhig im Gefühl sitzen. Auf deren schiefen Mündern der Sabber ruht. Während du einfach da bist, denken sie: „Du willst sie". In ihren Köpfen ruhen Gedanken, die dich erschrecken und deren Ausmaß, ihre Ehefrauen in Sturmwut versetzten würde.
Allein bist du und sie, mit der Gier. Gier nach etwas, dass sie nie bekommen können, was sie nie sind.
Denn Sie sind nur Denker ihrer eigenen Fehlbewertungen.

KOPFSTILLE.

„Es ist gar sonderbar, wenn des
Poeten Kopf in Schweigen harrt,
um der Tage später wieder im
Gedankenrausch zu münden."

An Tagen an dem der Kopf verstillt. Die Gedanken
schon vor den Denkweisen verpuffen. Am Ufer der Ge-
dankenstille breitet es sich aus. Ein Poet sitzt auf dem
Stein der vergangenen Wortbrücken, die nun schwer im
Grübeln wohnen. Kein Gedanke fällt leicht auf schöne
Wortbilder. Er sitzt und grübelt und grübelt und sitzt.
Bis eines tollen Morgens an der Mündung zum Gedankenrausch, die Schönheit der poetischen Worte wieder
sprudelt.

VERGANGENHEITSLEERE.

„Ich behalte Dich in der Hinterhand, im Herzen war gerade kein Platz frei."

Parken. Parkende Liebe aus der Vergangenheit. Im Herzen. Wenn Du verzweifelt an der Gewohnheit zerrst, um dem Neuen keinen Platz einzuräumen.

Dicht gedrängt steht die Vergangenheit an der Vergangenheit bis nichts mehr passt, außer halt die Vergangenheit, die dich ausfüllt.

„Klopf, Klopf", die neue Liebe zaghaft. Doch du behältst sie nur gedanklich in der Hinterhand, vielleicht wenn irgendwann mit der Vergangenheit Schluss wäre.

LIPPENTANZ.

„Das Schicksal war der Choreograf,
die Liebe, die süße Hintergrundmelodie
und das Herz, das pochende Leitmotiv
bei ihrem Lippentanz."

Der erste Kuss, der einfach passiert. Im Hintergrund die
Gefühle, welche zum Lippentanz auffordern. Mit Schicksal choreographieren zwei Menschen, was unvermeid-
lich passieren musste. Zuckersüß im Herzen nach ge-
schmeckt.

WILLKOMMEN ZU UNSERER MONDSCHEINFAHRT.

Ja, es verspricht ein schöner Ausflug ins Nichts zu werden. Verpassen Sie nicht unsere Zwischenstops in Enttäuschung und Angst. Nehmen Sie sich, als kleines Souvenir eine Tüte unseres Selbstmitleides mit.

Unser Kapitän, das Glück, wird uns hoffentlich sicher durch die Wogen des Schmerzes bringen. Bitte beachten Sie unsere Hinweise zur Anlegung der Sicherheitsweste Selbstvertrauen, wenn gar nichts mehr geht.

Wir bieten ein buntes Programm mit verlorenen Träumen, Zielen und ein wilden Cocktail der Liebe, der sich ins Gegenteil verkehrt. Zahlen können Sie bei uns bargeldlos mit Ihren Emotionen und Anti-Gefühlen.

Betreut werden Sie professionell von der Missgunst und der Hoffnungslosigkeit. Unser geschultes Personal erschafft Ihnen eine Atmosphäre von „Es geht nicht mehr".

Doch keine Angst auch diese Fahrt endet irgendwann in Zuversicht oder in den seltensten Fällen in Aufgabe.

Beachten Sie auch unser Zusatzangebot Einsamkeit im Mondenschein!

ES IST HERBST.

Auf Spaziergängen begegne ich nun öfter dem Wind. Die Bäume wiegen sich und einzelne Blätter verlieren ihren Halt. Ich mag den Herbst, sowie den Frühling. Diese Übergangsjahreszeiten sind mein Wohlfühl Glück. Den Sommer mag ich nicht, weil er zu heiß ist und den Winter, weil ich eine Frostbeule bin. Im Herbst trägt meine innere Melancholie Blüten. Es scheint, als könnte ich die Welt, dann um so deutlicher spüren.

Nun, es ist auch immer der Anfang, sich gedanklich von einem vergangenen Jahr zu lösen. Die Herbstzeit läutet das letzte Drittel der Monate ein. Über den Sommer verfliegt die Zeit so rasch, dass man im Herbst schon an den Winter denken muss.

Die Schönheit der kühlen und regnerischen Zeit sind die bunten Blätter an den Bäumen. Die Kinder, die nach Kastanien suchen oder die kühle Brise, die das Haar umspielt. Von mir aus könnte es immer Herbst sein, er inspiriert mich. Ich schaue den Menschen beim Leben zu und fühle mich zwischendrin in der Natur, den Veränderungen so nah. Wenn sich das alte Jahr langsam löst und ich eine innere Bilanz der Momente ziehe.

Dieses Jahr stehe ich vor einem neu beginnenden Lebensjahrzehnt. Dreißig zu sein kam mir früher wie der Herbst eines Lebens vor. Genügend Rückenwind aus Erfahrungen und die Jugendlichkeit verlieren endgültig ihren Halt. Eine Schwelle der Zeit, die mir als Punk in Jugendtagen immer als zu groß vorkam.

Wenn die Kindheit der Frühling ist, in dem erste warme Schritte ins Leben gemacht werden. Wir tauchen aus dem Winterschlaf der Nichtzeit auf. Der Übergang vom Kind zum Jugendlichen ist der Sommer. In dem, was wir sind erblühen kann, wenn das Herz genügend Sonne bekommt. Hier lernen wir gegen den Strom zu schwimmen und unser Sein beginnt eigene Wurzeln zu schlagen. Beruf. Familie. Eine Abnablung von den Vorstellungen der Kindheit. Erwachsen werden. Dann der Lebensherbst, der vieles los lassen muss, die Jahrzehnte scheinen zu rasen. Doch wir sind nun stark genug, gelegentlichen Unwettern der Zeit zu trotzen. Die Wurzeln unseres Seins schwanken, aber sie sind nicht mehr so leicht aus der Verankerung zu reißen. Die Erfahrung trägt uns weise in den Spätherbst des Lebens, wenn wir

Bilanz von der Zeit unseres Lebens ziehen. Der Schauer eines Moments ist längst nur noch eine frische Brise, die wir als gelungene Abwechslung im Leben geniessen. Dann der Winter eines Lebens. Wenn wir niemanden haben, der uns von der Sonne des Lebenssommers erzählen kann uns mit der warmen Sicht der Dinge ansteckt, friert die Seele und die kalte Luft der Einsamkeit nimmt uns die Sicht im Nebel der Erinnerungen. Irgendwann müssen wir uns dann von der Lebenszeit verabschieden. Das Sein ist müde geworden, die Wurzeln sind durch die Winde der Jahre abgenutzt.

Es ist Zeit zu gehen und irgendwo erwacht ein Kind aus dem Winterschlaf der Nichtzeit...

PARKBANK ROMANTIK.

Wir würden wohl da sitzen. So zu zweit. Der eine mit dem Anderen. Schweigsam, die Welt beschauen, welche an uns vorüber tanzt. In Menschen, mit zu schnellen Beinen und Armen, die sich mit dem Alltag abschleppen.

Sitzen und einfach nichts sagen, weil es den Mund zu schwer fiele, dem Moment den richtigen Antlitz zu verleihen. Träfen sich dann unsere Augen zwischen Natur und Neugier, dann senkten wir die Verschüchterung zwischen uns. Die Beine malen leise Kringel dazu, in Spurenkurven der Zeit. Die Zeit mit uns. Sie sitzt da bei uns und wird die Momente hinüber ziehen lassen.

Vielleicht würden sich unsere Hände irgendwann finden lassen. Zaghaft tastend nach irgendwas, das hält. Dort auf der nicht mehr so einsamen Parkbank. Zwischen dem Rauschen des Lebens und unserem Lächeln, tief drin, weil wir wüssten: Nebeneinander ist irgendwie auch Miteinander.

SO DINGE.

Diese "So Dinge", die sich tagtäglich ansammeln. Liegen bleiben. *"Mach ich morgen, mach ich gleich."* Verschwinden, dann zwischen dem Alltag. Tauchen wieder auf. In unpassenden Momenten.

Nennt sich wohl dann **Chaos.** Im Gleichtun wäre es längst vollbracht. Nun mischt sich die Schwierigkeit von Zeitdruck oder gewucherte Unlust unter.

So Dinge, die bleiben. Die, wir vielleicht nie tun. Obwohl wir wollten. Widerspruch! Ja, aber was sollen wir machen? Der Alltag rennt, fordert und mahnt. Der Kopf möchte, die Füsse tragen uns doch woanders hin. Hinfort. Vergessen. Oder doch zumindest so getan.

Bis einer mit dem erhobenen Zeigefinger und der Wahrheit schnalzend daher kommt: "Wolltest, solltest, musstest du nicht noch?" Dann sitzt es sich arg unbehaglich in ***"So Dingen"***.

Entweder siegt dann die Vernunft oder das Unbehagen bleibt.

ICH VS. GESELLSCHAFT.

"Wo stehe ich in der Gesellschaft? Was ist mein wahres Ich? Kann ich so sein wie ich bin ohne Gefahr zu laufen mich um der anderen Willen zu verbiegen?"

Es ist immer schwer seinen eigenen Standpunkt zu verteidigen und im Wirrwarr der Meinungen sich selbst wieder zu finden. Viele glauben zu wissen, was richtig für Einen ist. Richtig ist immer das zutun, was man selbst für richtig hält. Und dabei die Hilfe Anderer nicht auszuschlagen oder auf deren Erfahrungen, die das Leben bringt, zurückzugreifen.

Die, die mit erhobenen Zeigefinger auf mich zeigen, als sinnbildliches Symbol des wachenden Auge der Gesellschaft, werden sich die Mühe machen müssen auch mich zu verstehen und meinen Standpunkt zu akzeptieren. Denn ich stehe hier als Persönlichkeit im Zentrum meines eigenen Ichs und versuche mich selbst zu finden.

Doch immer wieder der Versuch, mich durch starke Arme der Gesellschaft zu packen und in mir mehr oder weniger beliebte Richtungen zu zerren. Meinen Charakter, mein Wesen oder meine Gedanken zu lenken, dass ich den Idealen anderer entspreche. Näher komme. Doch hier stehe ich und wanke ich auch mal in die eine oder andere Richtung. So vergesse ich nie, wer ich selbst bin und bleibe meinen eigenen Idealen treu.

Kommt nur und lasst mich die Herausforderung spüren mich selbst zu beweisen und zu zeigen, dass meine Persönlichkeit durchaus eine Berechtigung hat auf einen Platz in Eurer Mitte.

Bin nicht ich es und viele andere, die die Gesellschaft ausmachen? Und gibt es nicht das Sprichwort: *„Viele Wege führen nach Rom"*, sodass nicht auch viele Wege durch das Leben führen.

> *Ich könnte nun ganz selbst verliebt verkünden: „Dass in der Mitte das bin ich, der Mittelpunkt das bin ich und alles außen um mich rum, die Einflüsse, die Meinungen und das Beugsame, das seid Ihr."*

MOMENTMENSCHEN.

Stehe eingeschenkelt mit Ihr. An
irgendeiner Theke dieser Welt. Wir
werden am Morgen schon vergessen
haben: „Wer wir waren".

Flüchtig finden sich Menschen, die nichts gemeinsam
haben, als diese eine Nacht.
Getroffen und für einen winzigen Moment, die Zeit ge-
teilt, um dann im Leben weiter zu flüchten.
Namen & Alltag ausgeblendet.

TüR ZUM GLüCK.

„Verzagt gewagt an der Tür zu unserem Glück zu klopfen. Stille, dann polternde Abers. Bin zurück gewundet. "

Die Tür zum Glück, manchmal öffnet sie sich ein Stück, um den Mut zu belohnen, um etwas gekämpft zu haben. Doch wenn die Türsteher in Form von Abers in uns Barrieren aufbauen, die wir nicht überwinden können oder wollen. In diesem Fall stehen wir vor dem möglichen glücklichen Ausgang. Lassen uns aber verschrecken und bleiben verwundet in der Angst davor liegen.

EIGENART.

„Das Kleid der Eigenarten stand Dir schon immer am Besten. "

Die typischen Angewohnheiten von ihr, die sich an ein Kleid aus Eigenarten schmiegen. Sie gehören zu ihr und wären aus dem individuellen Kreis Ihrer Identität nicht wegzudenken.

Langweilig wäre es ohne sie, als hätte man ihm eine Schaufensterpuppe zur Liebe bestellt – farblos, identitätslos und am Ende nichts mehr als eine leblose Hülle.

LEBENSKRISE AN SüLZMARINADE.

„Das Kleid der Eigenarten stand Dir schon immer am Besten."

Erstaunlich wie sich ein Gedanke an den Nächsten fügt und mit einmal sitzt du in einer hausgemachten Lebenskrise. Natürlich, als wäre das nicht schon genug, bemerkst du nicht, wie du dich in einer Sülzmarinade einhüllst. Indem du anderen ständig und immer wieder erzählen musst, wie schlecht dieses Leben zu dir wäre. Ein unermüdlicher Kreislauf, den du dann selbst kaum aufhalten kannst, eben: Hausgemachte Lebenskrisen in einer Sülzmarinade.

GELEGENHEITSKRISE.

„Wer bist Du denn?" "Deine Gelegenheitskrise." "Schon wieder?" "Immer noch."

Irgendwann fingen sie an, diese Gelegenheitskrisen, die dann auch wieder vorbei gingen. Ein Intermezzo – stark im Gefühl am Anfang – und am Ende oft getarnter harmloser Moment.

Doch die Gelegenheitskrise, die sich in Gedanken einnistet, um bei dir zu bleiben. Weil du sie brauchst für dein „Hacheijeee, geht's mir schon wieder dreckig!". Die Gelegenheitskrise wird dir so vertraut, dass du sie nicht wirklich wieder los wirst – gar bequem sich dahinter zu verstecken, oder?

MELANCHOLIE IM REGENKLEID.

„Könntest Du den Regen mit meinen Augen sehen, würdest Du verstehen woher die Melancholie in mir kommt. Es ist der Vorsprung an Angst in mir. "

Der Regen umspült die Empfindungen, sucht sich seine Bahnen ganz einfach, ist überall und tropft dazwischen. Ziehe mir die Melancholie über und beginne mich zu verlaufen. Ohne Ziel. Mit allem Emotionen, die ich nicht abstreifen kann und die Tropfen der Angst rinnen mir übers Gemüt ins Gefühl.

WO BIN ICH HIN?

„Dann bin ich irgendwas zwischen Dir und mir, aber nicht mehr ich."

Eine Liebe, die auf Selbstaufgabe beruht ist keine gesunde Gemeinsamkeit. Wenn sich immer mehr von einem selbst verliert und am Ende im Spiegel ein verzerrtes Selbstbild liegt. Nur geben und nichts bekommen, aber es nicht ändern wollen um keinen Verlust zu erleiden. Dabei verliert sich das wahre Gefühl jeden Tag aufs Neue.

DIE KRAFT VON LIEBESENDEN.

Allein der Titel "Liebesenden" löst schon viele Gedankengänge bei mir aus. Gleichnamiger Blog von Jost Renner bietet noch viel mehr an Raum für eigene Gedanken.

In gefühlvollen Zeilern lässt er uns hinein in seine Gedanken, und diese sind so weitreichend, wie das Leben selbst. Zwischen Melancholie, offenen Fragen, Spielereien in Worten und ganz viel Gefühl lässt es sich herrlich nach eigenen Empfindungen suchen.

Er ist ein Wortästhet, der es versteht in kurzen Sätzen einen Spannungsbogen aufzubauen und den Leser mitzunehmen. Oft denke ich, diese Zeilen sind eigentlich zu schade, um in den unendlichen Weiten des Internets zu verschwinden. Sie müssten in ein Buch, hinaus in die Welt, um noch mehr neugierige Augen und Herzen zu erreichen, zu berühren.

Deshalb wünsche ich ihm den Mut eines Verlages, diesen intelligenten Menschen an die Hand zu nehmen und als Autor eine Plattform für viele schöne Lesestunden anderer zu bieten.

Denn "Liebesenden" hat seine ganz eigene, persönliche Kraft. Die Kraft eines Mannes, der mit dem Leben zieht und dabei ein Bewusstsein in Worte packt, was gerade in der heutigen Zeit, wichtiger denn je scheint.

Eines meiner Lieblingsgedichte von Ihm:

Traurigkeit

Mich hält die

Traurigkeit im Arm

und küßt mir

Tränen ins Gesicht.

Mich hält die

Traurigkeit umschlungen

und wispert eine Frage,

deren Antwort in

ihrer Dunkelheit verhallt.

Mich hält die
Traurigkeit im Arm,
und ich weiß mich
endlich still geborgen.

© tinius 2010

Für eine Gedankenreise geht auf:

http://liebesenden.twoday.net/.

Nächstes Buchprojekt (Mai/Juni 2011)

Aphorismen - Kopfzitate.

Die Wortschnipsel in diesem Gedankenband sind Produkte einer über einjährigen Tätigkeit auf Twitter. Tätigkeit des Gedankensammelns im Alltag.Es sind Sätze gemischt aus Erinnerungen, Wortspielen und dem sinnieren über das Leben.

Im einzelnen auf <140 Zeichen beschränkt, was dazu führt, dass Unwesentliches sich daraus verliert. Nun es sind keine Weisheiten, sondern Momentaufnahmen eines Gefühls, dem nun jeder selbst nachgehen kann und sein persönliche Empfindung daran heften.

Mir hat es viel Spaß gemacht, diese Gedanken aufzuheben und nun als einzelne Möglichkeiten in das Buch zu kleben.